AF175551

Bizarre Erotik

LISA STERN

Bizarre
Erotik

Kuriose erotische Geschichten

Bibliografische Information der Deutschen Nationalbibliothek
Die Deutsche Nationalbibliothek verzeichnet diese Publikation
in der Deutschen Nationalbibliografie; detaillierte bibliografische Daten sind im Internet über http://dnb.d-nb.de abrufbar.

© 2022 Lisa Stern
Herstellung und Verlag:
BoD - Books on Demand, Norderstedt
Cover-Foto: Lizenz von ClipDealer

ISBN: 9783755778363

Inhalt

1. Schläfst du schon?

Jens und Bettina

Männer und Frauen passen einfach nicht zusammen. Das sagte einst Loriot. Und wie recht ich ihm gebe. Denken wir nur einmal daran, was ein Mann macht, wenn er ins Bett geht. Schlafen, natürlich. Was sonst?

Bei einer Frau ist das anders. Zuerst fragt sie dich: »Schläfst du schon?«

Und wenn du da einen Augenblick unkonzentriert bist oder falsch reagierst und etwa sagst: »Nein, mein Schatz«, hast du bereits gnadenlos verspielt.

Ein Wasserfall von Worten prasselt auf dich hernieder und versucht dich zu ertränken.

»Du, Jens, ich habe mir gerade überlegt, wir sollten unser Wohnzimmer mal wieder renovieren. Die ganze Tapete ab und Rauputz dran, das hält ewig. Den könnten wir schön streichen, terrakottafarben oder so.

Eine neue Couch bräuchten wir dann aber auch. So ein ‚U‘, weißt du, mit einer Ottomane. Das ist doch viel gemütlicher. Wenn mal Besuch da ist, braucht keiner auf dem Sessel sitzen«, lässt mich Bettina, meine bessere Hälfte, wissen.

Ich kuschle mich an sie heran, lege meine linke Hand auf ihre rechte Brust und schließe meine Augen. Bettina erzählt indes weiter.

»Wo war denn das eigentlich, wo wir die schöne grüne Couch gesehen haben? Bei Höffner oder bei Porta? Kannst du dich noch erinnern? Die wäre gerade die Richtige gewesen. Da müssen wir unbedingt noch mal hinfahren.«

»Bei Kraft«, sage ich gelangweilt.

»Ach ja, bei Kraft. Jetzt fällt es mir auch wieder ein.«

Meine Hand bewegt sich zielstrebig nach unten, zwischen Bettinas Schenkel. Die Schamlippen ihres Schoßes sind geschlossen. Ich feuchte mehrmals meinen Mittelfinger mit Spucke an und massiere sanft ihren Kitzler. Ich habe ein Schamhaar im Mund und versuche es an *ihrem* Kopfkissen abzustreifen, schließlich ist es *ihr* Schamhaar.

»Und wenn wir schon mal dort sind, können wir gleich neue Bettwäsche kaufen. Die hier haben wir schon eine Ewigkeit. - Siehst du das da in der Ecke, Spinnweben? Pfui, wie peinlich. Ich habe doch erst vorgestern hier saubergemacht. Na ja, das Schlafzimmer wäre auch mal wieder dran mit malern.«

Ich wundere mich kurz, wie sie im Halbdunkel Spinnweben sehen kann. Vielleicht war sie ja in ihrem ersten Leben eine Fledermaus.

Langsam öffnen sich etwas ihre Schamlippen. Ich fühle die Feuchtigkeit, die sich langsam in ihrer Muschi bildet. Vorsichtig tauche ich meinen Finger ein in ihre Spalte und massiere dann weiter ihren Kitzler.

»Hier genügt es, wenn wir einfach drüber streichen. - Nicht so doll, Jens, das tut doch weh, du Grobian! - Vielleicht sollten wir uns aber auch einen Maler nehmen. Schließlich sind wir auch nicht mehr die Jüngsten. Der wird wohl auch nicht die Welt kosten. Manche sind froh, wenn sie was schwarzarbeiten können. Herbert zum Beispiel, den werde ich mal ansprechen.«

Ihre Spalte ist jetzt pitschenass. Ich stecke nun auch noch meinen Zeigefinger hinein. Bettina beginnt sich leicht zu bewegen. Es scheint ihr zu gefallen.

»Da fällt mir gerade ein, wo ist denn eigentlich die Tüte mit dem Käse, die wir heute gekauft haben? Bestimmt ist sie noch im Auto. Weißt du noch, letztes Jahr, wo wir uns gewundert haben, was da im Auto immer so stinkt? Bis wir schließlich drauf gekommen sind, dass es der Käse war, den wir aus Platzgründen beim Ersatzrad untergebracht hatten.«

Bettina fängt an laut zu lachen. Ich führe *ihre* Hand an *meinen* erigierten Penis und gebe ihr damit zu verstehen, dass ich auch gern Streicheleinheiten hätte. Gelangweilt tätschelt sie ein paar Mal meinen Penis und lässt dann ihre Hand ganz ruhen. Ich versuche mich in ihrer Hand zu bewegen, doch ich empfinde keine Reibung. Sie müsste ihre Hand enger machen, meinen Schwanz umschließen. Doch stattdessen redet sie weiter.

»Der sah vielleicht aus, der Käse, total grün und verschimmelt.«

Mir wird etwas übel und meine Erektion geht schlagartig zurück. Doch ausgerechnet in diesem Moment setzt sich Bettina auf mich.

»Was ist los mit dir? Mach ich dich nicht mehr an?«, fragt sie verständnislos.

»Der Käse«, antworte ich ihr einsilbig.

»Was für ein Käse?«

»Du hast von dem stinkenden Käse erzählt, da ist er wieder geschrumpft.«

»Du bist aber empfindlich.«

Sie beugt sich über mein Gesicht, ich nuckle an ihren Nippeln. Sie werden hart, mein Schwanz wird hart. Bettina führt ihn langsam in ihre Muschi ein.

»Da müssen wir auch mal was machen, dass die Betten nicht immer so knarren. Vielleicht kann man da was ölen?«

Ich schüttele den Kopf, habe Mühe mich zurückzuhalten. Ihre großen Brüste wippen vor meinem Gesicht auf und ab. Ich nehme sie in die Hand und knete sie. Wenig später lässt Bettina ihre Brüste an mein Gesicht schlagen, dann legt sie sie auf mein Gesicht. Ich drohe zu ersticken, bekomme kaum noch Luft. Unterdessen reitet Bettina weiter gemütlich auf mir.

»Erinnere mich morgen früh bitte unbedingt daran, dass ich einen Termin beim Frauenarzt machen muss! Ich habe nur noch für eine Woche die Pille. Oder soll ich mal was anderes versuchen? So einen Ring, den man um die Gebärmutter legt. Aber den muss man nach drei Wochen wieder rausholen. Hast du so lange Finger? Ich nicht! Am Ende muss man ihn noch mit dem Feuerhaken heraus puhlen. Das stelle ich mir bildlich vor. Hörst du mir überhaupt zu? Männer haben es da einfach. Aber jetzt soll es ja auch die Spritze für Männer geben oder sogar auch die Pille. Wäre das was für dich?«

Meine Hände krallen sich fest in das üppige Fleisch ihres ausladenden Hinterns und ich versuche krampfhaft meinen Erguss hinaus zu zögern. Ich spüre deutlich, dass Bettina noch nicht soweit ist. Doch es gelingt mir nicht. Ich spritze unter lautem Stöhnen mehrfach in ihre Vagina.

»Kannst du nicht noch warten? Immer das Gleiche mit dir. Kaum sitzt man auf dir, schon spritzt du ab. Verwöhne mich wenigstens noch ein wenig mit deiner Zunge! Sonst bin ich morgen wieder so unausgeglichen und gereizt. Das gefällt dir auch wieder nicht. Also tu etwas!«

Ich knie mich vor ihre gespreizten Beine und schlürfe zunächst mal mein Sperma aus ihrer klaffenden nassen Öffnung. Es schmeckt bitter und ich habe so einen pelzigen Geschmack auf der Zunge.

»Ach siehst du, zu Schlecker muss ich morgen auch. Mein Shampoo ist alle. Brauchst du auch was? Rasierschaum oder so?«

Ich schüttele nur den Kopf um meine Arbeit nicht zu unterbrechen.

»Toilettenpapier brauchen wir unbedingt. Aber diesmal hole ich wieder das 3-lagige. Bei dem anderen greift man ja permanent durch und hat die ganze Scheiße an der Hand. – Schön machst du das, ich komme gleich.«

Ich nicke zustimmend und lecke weiter, immer schneller, immer intensiver. Meine Zunge tut mir zwar schon etwas weh, aber lange kann diese Aktion ja nicht mehr dauern. Das tröstet mich etwas.

»Ach ja, das *feuchte* Toilettenpapier ist auch bald alle. Da bringe ich auch gleich eine Nachfüllpackung mit. Das reicht auch nicht mehr lange. Aber ich habe mich schon so sehr daran gewöhnt. Ohne das Feuchte fühle ich mich nicht richtig sauber. Ich weiß nicht, wie dir es geht, aber ich brauche das.

Heute hat mir Marianne erzählt, dass ihr Mann seine Schlüpfer eine ganze Woche lang trägt. Das sagt man doch nicht wildfremden Menschen. Na gut, so wildfremd sind wir auch wieder nicht, aber das sind doch intime Dinge. So etwas würde ich doch keinem erzählen. Ich sage Marianne doch auch nicht, dass du dich abends permanent am Sack kratzt. Oder?«

Ich nicke zustimmend und nehme jetzt den Mittelfinger meiner linken Hand zu Hilfe, in der Hoffnung, Bettina auf diese Weise schneller, endlich, zum Höhepunkt zu bringen, damit das ewige Gebabbel aufhört. Ich suche wieder einmal ihren G-Punkt und weil ich ihn wieder nicht gleich finde, massiere ich einfach ihren geschwollenen Kitzler mit leichtem Druck.

»Weißt du, was Marianne noch so rausgerutscht ist? Kannst du dir so etwas vorstellen? Ihr Mann kriegt keinen mehr hoch. Da habe ich später nochmal unter vier Augen nachgestoßen. Sie macht es sich nur noch selbst, fast jeden Tag. So ein geiles Luder. Das ist doch kaum zu glauben. Sie wartet so lange, bis ihr Mann eingeschlafen ist und dann holt sie ihren Dildo aus dem Nachtschränkchen. Ihr Mann hat angeblich noch nie etwas davon mitbekommen. Vielleicht tut er auch nur so. Ihm ist es bestimmt sehr peinlich, dass sich seine Frau selbst einen runter holen muss. – Nicht so doll, Jens, du tust mir doch weh. - Ja, am Kitzler ist es schön. Leck mich noch ein bisschen am Kitzler. Ich bin gleich soweit. Dann bist du endlich erlöst. Oder soll ich es mir auch selbst machen, wie Marianne? Wäre dir das lieber?«

Ich nehme meinen Finger aus ihrer Muschi und schüttele so gut es geht aber nachgiebig meinen Kopf. Dann gewöhnt sie sich am Ende noch dran und lässt mich überhaupt nicht mehr ran. Da höre ich mir doch lieber das dumme

Geschwätz an. Irgendjemanden muss sie es ja erzählen.

Ich habe schon wieder ein Schamhaar im Mund, aber ganz hinten am Zäpfchen. Ich bekomme es nicht raus. Es würgt mich fast, ich muss husten. Ich verschlucke mich, muss noch mehr husten. Bettina klopft mir mit ihrer rechten Hand leicht auf den Rücken.

»Na siehst du. Das würde dir auch nicht gefallen. Ich glaube, Marianne hat es auch sonst nicht einfach mit ihrem Mann. Der scheint es mit seiner Hygiene nicht so genau zu nehmen. Wenn der seine Schlüpfer eine Woche lang trägt, wird der ganz schön muffeln. Männer muffeln im Alter sowieso immer mehr. Die merken das gar nicht. Mir fällt das manchmal im Frontoffice auf, wenn da so ungepflegte Männer zu uns kommen. Da muss ich anschließend erst einmal zehn Minuten angelweit die Fenster aufreißen. Ich weiß gar nicht, wie man den Gestank beschreiben soll. Etwa so, als wenn ich meine Muschi eine Woche nicht waschen würde, so eine Mischung zwischen altem Fisch, Smegma und Stinkkäse.«

Mir wird wieder für einen Moment kotzübel. Doch ich lecke weiter. Wenn ich an dieser Stelle eine Pause machen würde, müsste ich anschließend vielleicht wieder von vorn beginnen und meine ganze Mühe wäre umsonst. - Endlich höre ich Bettina schwerer und in kürzeren Abständen atmen.

»Schön, mach weiter so! Jetzt! Ich komme.«

Ich stecke nun doch wieder meinen Mittelfinger in den klaffenden nassen Spalt ihres Schoßes. Bettina nimmt meinen Kopf in beide Hände und drückt ihn fest an ihre nasse Vagina. Ich höre kaum noch etwas. Ihre Stimme klingt, als ob ich mich unter Wasser befinden würde. Endlich kommt sie und ich spüre deutlich, wie ihre Vagina rhythmisch pulsiert.

Sie lässt meinen Kopf wieder los, greift sich an ihre vollen Brüste, spielt mit den Fingern an ihren Nippeln und stöhnt laut: »Oh, ist das schön! Mehr, ich will noch mehr! Komm jetzt zu mir, bitte!«

In der Zwischenzeit ist mein Schwanz wieder steif geworden und ich lege mich auf sie.

Wie in sexueller Ekstase fleht sie mich an: »Ja, steck ihn mir noch mal rein. Ich will deinen Schwanz spüren. Ich bin jetzt ganz heiß auf dich.«

Plötzlich verstummt sie, wird ernst und sagt in einem ruhigen Ton: »Ich kann mir das, ehrlich gesagt, gar nicht vorstellen, es mir immer nur selbst zu besorgen. Das würde *mich* glaube ich nicht befriedigen. Arme Marianne. Da bin ich ja froh, dass ich so einen wilden Stier habe. Komm, mein starker Stier, mach es mir noch einmal!«

Ich tue, was Bettina sich wünscht. Zwei, drei Minuten versuche ich, sie noch einmal zum Höhepunkt zu bringen. Es gefällt ihr. Sie kommt sogar noch einmal. Ich fühle jedoch kaum etwas in ihrer gut geschmierten Muschi. Ich ziehe meinen Schwanz wieder raus und nehme meine Hand zu Hilfe.

»Was machst du da? Bin ich dir nicht eng genug?«

»Doch, du könntest ihn mal …«, versuchte ich anzusetzen, dann wäre sie mal für einen Moment still.

»Was könnte ich? Warte, ich muss erst mal.«

Sie geht ins Bad. Ich höre sie pinkeln, geschätzte zwei Liter. Dann pupst sie. Meine Erektion ist wieder mal hinüber. Bettina kommt ins Schlafzimmer, legt sich ins Bett und will schlafen.

»Ach so, mein Schatz, ich soll dir ja noch einen blasen. Warte, ich komme!«

Sie kniet sich vor mich.

»Der ist ja schon wieder schlaff.«

»Na, ja, wenn du so eine lange eine Pause machst. Er wird sich gleich wieder erholen.«

»Wenn ich mal pinkeln muss. Ich kann doch nicht ins Bett machen.«

Sie nimmt meinen Schwanz in den Mund. Schnell erreicht er wieder seine normale Betriebsgröße. Bettina kann sogar mit vollem Mund reden.

»Spritz mir aber nicht wieder in den Mund! Sag bitte rechtzeitig Bescheid!«, entnehme ich ihren undeutlichen Worten. Aber auch nur, weil sie diese Worte jedes Mal sagt.

Bettina macht es, wie immer sehr gut. Geschickt umspielt sie die empfindlichste Stelle meiner Eichel. Als sie spürt, dass es bei mir gleich soweit ist, wird sie schneller, saugt und leckt.

Jetzt ist es bei mir soweit. Ich sage nur: »Raus!«

Sofort lässt sie meinen Schwanz aus ihrem Mund gleiten und macht nun mit ihrer rechten Hand weiter. Ich komme, spritze Bettina ins Gesicht und auf meinen Bauch.

Bettina nimmt ein Papiertaschentuch und wischt damit das Sperma von meinem Bauch. Sie geht nochmal ins Bad und wäscht sich Hände und Gesicht, pinkelt schon wieder und kommt dann zurück ins Bett.

»Was? Schon um elf. Jetzt muss ich aber schnell schlafen, sonst höre ich morgen früh den Wecker nicht. Gute Nacht, mein Schatz.«

Sie gibt mir einen Kuss auf den Mund, dreht sich um und schläft. Ich bin putzmunter und gehe erst einmal eine rauchen.

2. Blind Date mit kleinem Sprachfehler

Sabrina und Norman

Zwei Stunden sind es nur noch bis zu unserem ersten Date. Zwei Stunden bis ich Norman das erste Mal in Natura sehen werde. Er hat mir zwar bereits eine ganze Menge Bilder von sich als Email geschickt. Doch weiß ich denn überhaupt, ob die Bilder auch echt sind. Man hört ja so einiges von Betrügern im Internet. Aber warum sollte *ich* gerade an solch einen Heiratsschwindler geraten.

Norman formulierte jedenfalls seine Emails immer so, als ob er es sehr ernst mit mir meinte. Auch hat er mir fast seine gesamte Lebensgeschichte anvertraut, in allen Einzelheiten. Recht ausführlich berichtete er unter anderem von seiner schwierigen Kindheit. Wie er von seiner Mutter oft geschlagen wurde und deshalb beabsichtigte, mit Achtzehn so schnell wie möglich auszuziehen. In der Schule sei er wegen seiner roten Haare ständig gehänselt worden. Und die Mädchen hätten ihn immer nur ausgenutzt, weil er viel zu gut für diese Welt sei, wie er stets betonte.

So kam es, wie es kommen musste: Eines Tages verliebte er sich in die falsche Frau. Sie verprasste nicht nur sein ganzes schwerverdientes Geld. Er bekam zudem auch nicht mit, dass sie ihn permanent mit anderen Männern betrog.

Doch vielleicht hat er die ganzen Geschichten nur erfunden, um bei mir Eindruck zu schinden. Man kann doch heutzutage niemandem mehr vertrauen. Man wird ja quasi zum Misstrauen erzogen, von Kindheit an. Oder denkt man nur an die permanente Beeinflussung durch die Werbung. Wenn man diese nervigen Sprüche den ganzen Tag hört, werden sie doch automatisch in unserem Sprachschatz verankert. Was sagt fast jeder Zweite, wenn ein Bekannter an der Tür läutet?

»Hallo Dirk, hallo Jule, come in and find out!«

Okay, dieser Spruch liegt jetzt schon ein paar Jährchen zurück, aber viele unter Ihnen werden sich bestimmt noch gut daran erinnern.

Naja, in knapp zwei Stunden werde ich sehen, ob Norman mich angelogen hat, oder ob ich endlich auf dem richtigen Weg bin, meinen Traummann kennenzulernen.

Da fällt mir gerade ein, dass wir noch nie miteinander telefoniert haben, Norman und ich.

Einige Male haben wir zwar Anlauf genommen, doch dann kam immer irgendetwas dazwischen. Entweder war Normans Handy kaputt oder er hatte gerade eine Erkältung und konnte nicht sprechen. Irgendwie finde ich das merkwürdig.

Ich weiß immer noch nicht, was ich anziehen soll. Beim ersten Date sollte ich besser etwas konservativ erscheinen, mit Jeans und Rolli. Doch dann denkt Norman noch ich bin ein Mauerblümchen. Vielleicht lieber doch das kleine Schwarze, ohne BH und ohne Höschen? Nein, das war nur Spaß. In meinem Alter macht man so etwas nicht mehr. Ich bin jetzt sechsunddreißig, da weiß man, wie man sich benehmen muss.

Vor ein paar Jahren sah die Welt noch ganz anders aus. Wenn ich daran denke, das kann ich mir heute gar nicht mehr vorstellen. Ich war ein richtiger schlimmer Finger. Am krassesten war es mit Marko. Er verlangte im Sommer immer von mir, dass ich kein Höschen und keinen BH unter meinem Kleid tragen soll. Das machte ihn ganz wild, besonders im Kino. Ständig spürte ich seine Hand zwischen meinen Schenkeln. Manchmal gingen wir einfach nur ins Kino, um es uns gegenseitig zu besorgen.

Der Film interessierte uns dabei nur am Rande. Einmal, als wir fast die Einzigen im Kino waren, blies ich ihm sogar einen. Das war vielleicht geil. Lassen wir das lieber, sonst komme ich am Ende noch zu spät zu meinem Date.

Je länger ich darüber nachdenke, was ich anziehen soll, desto unsicherer werde ich. Und die Zeit rennt mir auch immer mehr davon. Ich werde einfach eine Jeans und eine Bluse anziehen. Und einen BH? Doch, einen BH ziehe ich an. Das sieht sonst zu pervers aus, wenn meine Brüste unter der Bluse bei jeder Bewegung wie Pudding wackeln. Wenn ich solche kleinen festen Jungmädchentitten wie meine Freundin Tina hätte, wäre das ja nicht so schlimm. Aber bei meinen großen Möpsen! Norman würde es bestimmt geil finden, nehme ich einfach mal an. Doch soll ich ihm gleich beim ersten Mal meine prächtigen Exemplare wie auf einem silbernen Tablett servieren? Die wird er schon noch zeitig genug zu sehen und zu befummeln bekommen. Die Luft werden sie ihm nehmen, wenn er seinen roten Kopf zwischen meine Titten vergraben wird, während ich auf ihm sitze und er mit seinen starken Händen meinen Po umfasst.

Mir wird gleich ganz anders, wenn ich daran denke. Nein, Sabrina, so weit ist es noch lange

nicht. Wer weiß, was Norman für ein Blind-
gänger im Bett ist. Vielleicht muss ich ihm erst
einmal das Kamasutra beibringen, dass ihm
Sehen und Hören vergeht.

Ich schweife schon wieder viel zu sehr ab.
Ich muss mich jetzt aber wirklich beeilen. Zu
spät kommen am ersten Tag, das geht gar nicht.
Norman denkt am Ende noch, ich wäre ein un-
pünktlicher Mensch oder das Date würde mir
am Arsch vorbeigehen.

Wenn er wüsste, wie sehnsüchtig ich auf diesen Tag gewartet habe und wie oft ich mich
abends mit seinen Fotos in den Schlaf gestrei-
chelt habe. Daran darf ich gar nicht denken,
sonst muss ich mir noch ein frisches Höschen
anziehen, weil dieses klatschnass geworden ist.
Ja, das ist bei mir so. Ich darf nur entfernt an
Sex denken, schon fließen meine Säfte. Hoffentlich stört das Norman nicht. Viele männliche
Wesen sind in dieser Beziehung sehr empfindlich.

Bei manchen Männer kommen dann gleich
Sprüche, wie: »Äh, wieso bist du so nass zwischen den Beinen. Hast du ins Höschen gemacht?«

Wenn ich diesen Klassiker schon höre! Da
möchte ich am liebsten antworten: »Na, klar.

Das ist bei alten Frauen so. Tut mir leid, aber meine Baumwollwindeln hängen gerade auf der Leine.«

Andere wiederum finden das eher geil und schlecken dich ab, als wärst du ein russisches Softeis. Die hören gar nicht mehr auf und vergessen ganz, dass man diese tropfende Öffnung eigentlich noch zu etwas ganz anderem verwenden kann. Wenn du da nicht die Reißleine ziehst, würden die dich solange lecken, bis der Arzt kommt. Aber Gott sei Dank hat der liebe Gott die Ohren erschaffen und sie paarweise rechts und links des Kopfes angebracht, wo frau sie mit beiden Händen bequem greifen und das leckende Geschöpf schnell in eine andere Position dirigieren kann.

Bemerkungen, wie »Aua!« oder »Eh, spinnst du?« muss man geschickt überhören. Bloß keinen Streit anfangen, sonst kommt man am Ende noch um seinen verdienten Orgasmus. Das wäre nicht auszudenken. Schließlich habe ich lange genug abstinent gelebt. Jedenfalls, was Männer anbetrifft.

Ansonsten habe ich ja meinen Dildo. Horst habe ich ihn getauft, wie vor Jahren das putzige Lama aus dem Fernsehen. Wie ich auf diesen Namen gekommen bin? Ganz einfach. Als ich den Vibrator das erste Mal benutzte, war es Freitagabend und als es mir kam und ich meine Augen wieder öffnete, sah ich als Erstes das Lama Horst auf der Mattscheibe. Da lag es ja förmlich auf der Hand, dass ich meinen Glücksstäbchen fortan Horst nannte. Tolle Idee, nicht?

Oh, mein Gott, jetzt muss ich aber wirklich los. Wo ist denn nur meine Handtasche? Liegt die etwa noch in der Küche. Ich hatte ja vorhin im Supermarkt die Butter schnell in meine Handtasche gepackt, da ich keine Plastiktüte zur Hand hatte. So, jetzt fix noch die Schuhe anziehen und dann ab zum Parkplatz.

Das wär's noch, wenn mein Polo jetzt nicht anspringen würde. Doch er ist ein ganz Lieber. Kermit hat mich noch nie verlassen. Kermit ist auch solch eine Namensgebung von mir. Bei mir haben fast alle Dinge einen Namen. Ich hasse es, wenn alles so anonym ist. Es klingt doch ganz anders, wenn ich zu meinem Auto sage: »Mein Polo.« Oder wenn ich es mit »Mein süßer Kermit« anspreche. Kermit nenne ich es, weil es so grün ist, wie der Frosch aus der Sesamstraße, die ich als Kind immer so gern gesehen habe. Das waren noch Zeiten, Erni und

Bert fand ich immer am lustigsten, oder Graf Zahl oder das Krümelmonster.

Oh, da vorn ist ja schon die Gaststätte, in der wir uns treffen wollen. Steht etwa Norman schon vor der Tür? Tatsächlich. Jetzt noch schnell einparken. Bin ich nervös, ich zittere ja richtig. Wenn Norman das mitbekommt, denkt er vielleicht, ich bin ein Alki. Komm, Sabrina, tief durchatmen!

Norman, hat mich gleich erkannt und kommt mir entgegen.

»Hallo Fabrina, föhn, daff du gekommen bift.«

Ich schaue ihn mit großen Augen an. Denke: Was soll das denn? Ein Ausländer? Wo spricht man denn so eigenartig? In Finnland? In der Schweiz? Ich frage ihn: »Hallo Norman. Du bist nicht von hier?«

»Wie meinft du daf? Natürlich bin iff von hier. Aber wegen meinef kleinen Frachfehlerf denken alle, ich bin ein Zugereifter.«

Upps, da hätte ich mir aber bald einen mächtigen Fauxpas erlaubt. Einen Sprachfehler hat er, deshalb wollte er nicht mit mir telefonieren. Na, ob ich damit klar kommen werde? Das kann ja zu den schlimmsten Missverständnissen führen. Stellen Sie sich doch nur einmal vor, er würde mich fragen: »Fabrina, darf ich deine Möfe lecken?« Und ich würde sagen: »Nein, Norman, ich habe keine Möwe im Haus, ich bin nicht gut zu Vögeln.«

Na, gut. Ich geb's ja zu. Das war auch ein schlechter Witz. Ich werde zunächst einmal taktvoll sein und so tun, als ob mir dieser Sprachfehler gar nichts ausmachen würde. Ich glaube auch nicht, dass er zu meinem kleinen Pfläumchen Möse sagen würde. Dazu ist er sicher viel zu gut erzogen.

»Ich finde deinen Sprachfehler ganz niedlich. Hat nicht jeder.«

»Fuper, ich dachte fon, es würde dif ftören.«

»Absolut nicht. Mach dir darüber keine Forgen, eh Sorgen, Norman! Klingt ein wenig, wie Augsburger Puppenkiste. Komm, lass uns erst mal reingehen!«

Der für uns reservierte Tisch stand in einer gemütlichen Ecke und war durch zwei Raumteiler ein wenig von den neugierigen Blicken der anderen Gäste geschützt.

»Möchteft du etwaf effen?«, fragte Norman.

»Was essen?«

»Ja, hier gibt ef prima Fnitzel und der Fiff fmeckt hier immer fehr gut.«

»Fiff? Ach Fisch! Ja, eigentlich würde ich lieber nur einen Falad essen.«

»Du machft dich luftig.«

Für einen kurzen Moment überlege ich, ob das jetzt eine Frage oder eine Aufforderung war, ob ich mich luftig machen, meine Bluse öffnen soll. Doch dann begriff ich.

»Tut mir leid, Norman. Ich finde, das klingt bei dir so niedlich. Ich muss mich erst daran gewöhnen. Ich habe manchmal Probleme, dich zu verstehen.«

Bei genauerem und unauffälligem Hinsehen, entdecke ich auch den Grund für seinen Sprachfehler: Eine Lippenspalte oder auch Hasenscharte genannt. Ich will wissen, was er denn bei der Telefongesellschaft macht. An der Hotline kann ich ihn mir nicht vorstellen. Da würde es doch permanent zu Missverständnissen kommen. Er erzählte mir, dass er Techniker sei und viel auf Montage ist.

Das war im Prinzip die Geschichte, wie wir uns kennenlernten. Zu guter Letzt verstanden wir uns prächtig. Etwa so, als würden wir uns schon ewig kennen und ich lud Norman für das kommende Wochenende zu mir nach Hause ein. Ich wollte ihn mit einem schmackhaften Essen verwöhnen und vielleicht wird auch noch etwas mehr daraus. Mal sehen. Norman freute sich riesig über meine Einladung.

Ich war sehr gespannt, wie es wohl am Samstag mit Hasenscharte werde würde und konnte es kaum erwarten. Endlich war es soweit. Es klingelte an der Tür, ich öffnete.

»Hallo Norman, komm rein! Ich freue mich«, begrüßte ich ihn mit einem Küsschen auf die Wange.

»Hallo Fabrina, du fiehft wunderfön aus«, schmeichelte er mir.

»Danke für das Kompliment!«

»Eine föne Wohnung haft du.«

»Komm, leg ab! Das Essen steht schon auf dem Tisch. Es wird sonst kalt.«

Mein Essen, es gab Schweinemedaillons, war echt der Hammer. Mir war gar nicht bewusst, dass ich so gut kochen kann. Norman überschüttete mich mit Komplimenten.

Danach kamen wir zum gemütlichen Teil des Abends bei Candlelight und Schmusemusik. Norman ging ganz schön ran. Er nahm mich in den Arm, drückte mich und begrapschte gleich meine Titten.

»Ich bin ja fo froh, daff ich dich kennengelernt habe«, säuselte er mir in mein linkes Ohr.

Dann knutschte er mich auch noch. Das war vielleicht komisch. Einen Mann mit Hasenscharte hatte ich noch nie in meinem Leben geküsst. Eigentlich dachte ich ja, ich müsste Norman erst einmal eine Einführung in die Grundregeln des sexuellen Beischlafens geben. Doch da hatte ich mich wohl gewaltig geirrt.

Norman überrumpelte mich förmlich. Ehe ich mich versah, saß ich, nur mit meinem BH und einem Höschen bekleidet, auf der Couch und ließ wie hypnotisiert alles über mich ergehen.

Nun öffnete Norman mit geschickten Händen meinen BH und zog ihn mir aus.

»Du haft wunderföhne Brüfte. Weift du daf?«

»Ja.«

Das hätte ich vielleicht nicht sagen dürfen, denn Norman schaute mich plötzlich so eigenartig an.

»Gefallen sie dir?«, fügte ich ergänzend hinzu.

»Ja, ich möchte fie am liebften knuddeln.«

»Dann mach's doch. Tu dir nur keinen Zwang an. Der liebe Gott hat die weiblichen Brüste doch nur für Babys und Männer gemacht. Ich muss mich den ganzen lieben langen Tag mit den Dingern vergnügen.«

»Darf ich dein Höfchen ausziehen?«

Das klang ja niedlich, dein Höfchen.

»Du darfst«, hauchte ich ihm ins Ohr.

Während Norman mir mein Höfchen abstreifte, schämte ich mich dafür, dass es im Schritt so nass war. Vor allem, als Norman auch noch am Zwickel roch und ihn in den Mund nahm.

»Riecht nach deiner Möfe.«

»Na sowas. Wie kommt das denn?«, sagte ich und merkte gar nicht, dass ich mich etwas lächerlich mit meinen Bemerkungen machte. Plötzlich der Schock: Hat der jetzt tatsächlich Möse gesagt? Ich glaub es nicht.

Norman schienen meine dummen Sprüche nicht zu stören. Er kniete sich vor mich und … Na, klar, fing an meine Muschi zu lecken. Etwas anderes hätte ich auch gar nicht erwartet. Doch er machte es ganz gut. Er wusste sofort, wo er mir die meiste Freude bereitete. Und so dauerte es nicht lange, bis er mich das erste Mal zum Höhepunkt brachte und meine Muschi anfing zu pulsieren.

»So, mein Leckermäulchen, jetzt zeige mir doch mal, was du so drauf hast! Steck ihn schon rein, in meine Möfe!«, forderte ich ihn schließlich auf

Jetzt erst zog Norman seinen Slip aus. Ich bekam meinen Mund nicht mehr zu. War das ein riesiger Kolben, der da zum Vorschein kam. Ich glaube, der war mindestens zwanzig Zentimeter lang. Und dick erst. So einen Johnny habe ich noch nie gesehen. Plötzlich bekam ich Angst. Wenn der aua macht.

»Oh, mein Gott«, sagte ich. Sei bitte vorsichtig mit dem Gerät. Nicht, dass du oben wieder rauskommst.«

»Keine Angst, daf ift mir noch nie paffiert.«

Horch, horch, dachte ich. So unerfahren scheint Hasenscharte gar nicht zu sein. Der hat vielleicht mehr Frauen abgeschleppt als mancher Macho. Vielleicht sagt er den Frauen als Erstes: »Bevor ich mit dir rede, zeige ich dir erft einmal, waf ich in der Hofe habe.«

Ich spürte, wie sich seine Schwanzspitze an meiner nassen Öffnung auf und ab bewegte. Etwa so, als würde sie um Einlass bitten. Warum machte er das nur? Die Pforte war doch geöffnet, klaffte, wie ein offenes Scheunentor, wartete nur darauf, dass der lang ersehnte Gast die Scheune betrat. Langsam wurde ich ungeduldig, meine Stimme wurde energischer.

»Worauf wartest du? Stoß doch endlich zu! Ich halt es nicht mehr aus. Ich möchte deinen großen Schwanz in mir spüren.«

»Wie heift das Fauberwort?«, fragte er mich plötzlich.

Ich wusste zunächst gar nicht, was er von mir wollte und wunderte mich etwas über diese Frage.

»Hä? Was für ein Zauberwort?«

»Fag bitte und fag, daff du meinen grofen Fwanf doll findeft!«

Ich konnte es nicht fassen. An was für einen Aufschneider war ich denn hier geraten. Was bildete der sich eigentlich ein?

»Hey, du bist aber ein verdammter Macho. Was soll das denn? Das fehlte noch, dass ich dich noch darum bitte, mich zu ficken. Du kannst von Glück reden, dass ich dich überhaupt an meine Muffi lasse. Andere Männer würden sonstwas dafür geben und ich soll dich bitten. Wer bist du eigentlich?«

Voller Wut stieß ich Norman von mir, stand auf und zog mich an.

»Denkst du vielleicht, nur weil du so einen Hammerschwanz hast, kannst du dir alles erlauben. Komm, zieh dich an! Ich möchte dich nicht mehr sehen, du arrogantes Arschloch.«

Ohne ein Wort zu sagen, zog sich Norman an und verschwand anschließend aus meiner Wohnung. Das fand ich sehr merkwürdig. Kein Wort der Entschuldigung oder irgendeine Erklärung. Er machte sich einfach stillschweigend aus dem Staub. Wieder war eine Chance endlich den Traummann kennenzulernen dahin.

Ich hakte Norman endgültig ab. Das Leben musste ohne ihn weitergehen. Also blieb mir nichts anderes übrig, als weiterzusuchen.

Am nächsten Morgen musste ich tanken und als ich an der Kasse dran war, fragte mich die Kassiererin: »Welche Säule?«

»Fäule fechf.«

Die Kassiererin schaut mich erstaunt und mit großen Augen an und sagt kurz darauf: »Fechzig Euro, bitte!«

3. Der Theologiestudent

Laura und Joschua

Die folgende Geschichte ist dermaßen peinlich, dass sie, jetzt, wo über drei Jahre vergangen sind, fast schon wieder komisch wirkt. Damals konnte ich, die Laura, aber nicht so recht darüber lachen wie heute.

Alles begann, als ich Joschua, so hieß meine Bekanntschaft, in einer Studenten-Disko kennenlernte. Ich hatte ihn noch nie vorher gesehen und er fiel mir sofort durch seine rabenschwarzen, mehr als schulterlangen Haare und vor allem durch seinen langen Bart auf. Auch überraschte mich, dass er nur sogenannte Jesus-Latschen trug, ohne Socken.

Er stand an der Bar und hatte ein Glas Cola in der Hand. Als ich mir einen Drink bestellte, musste ich ewig darauf warten. Ungeduldig trat ich mit einem wutentbrannten Gesicht von einem Fuß auf den anderen. Plötzlich sagte Joschua in einem merkwürdigen Ton zu mir, ohne dabei auch nur irgendeine Miene zu verziehen: »Überlege deine Worte, und dir bleibt viel Ärger erspart!« (1)

Ich schaute ihn sofort verwundert an, er schaute mich an. Seine Stimme klang sonderbar. Ich hatte doch gar nicht so viel getrunken, aber mit einem Mal kam er mir vor, als ob er nicht von dieser Welt wäre. Postwendend kam mir Jesus in den Sinn und ich glaubte, einen Heiligenschein über seinen Kopf schweben zu sehen. Ich schloss meine Augen, schüttelte meinen Kopf und als ich sie wieder öffnete, war Jesus verschwunden.

Ich zweifelte an mir selbst, wollte ab sofort keinen Drink mehr. Wollte nie mehr Alkohol anrühren, bekam es plötzlich mit der Angst zu tun. Jetzt hast du wohl auch schon Halluzinationen wie einige deiner Freunde? Und das mit zweiundzwanzig Jahren, fragte ich mich verängstigt.

Ich drehte mich um und ging weg von der Theke, wollte mich zur Tanzfläche durchkämpfen. Da war er wieder, dieser Jesus. Er tanzte allein, mit geschlossenen Augen, ohne Heiligenschein. Ich war erleichtert, also doch keine Halluzinationen. Ich ging zur Theke und holte mir sofort einen doppelten Tequila. Dann noch einen. Jetzt hatte ich genug Mut, ihn anzusprechen. Ich ging einfach zu ihm auf die Tanzfläche und fragte: »Tanzt du eigentlich immer allein?«

Er antwortete nicht, sicher hatte er meine Frage nicht verstanden, denn die Musik war ohrenbetäubend. Ich stellte mich neben ihn und vollführte einige groteske Bewegungen, tanzen würde ich es nicht nennen.

Nach zehn Minuten reichte mir das Gehopse. Ich nahm Jesus an der Hand und schleifte ihn an die Bar. Er meinte, er würde gar keinen Alkohol trinken. Ich fragte ihn nach dem Grund und sagte, er könne es wenigstens mir zuliebe mal probieren und bestellte einen Drink für ihn. Den Ersten trank er auf Ex und sagte, nachdem er ihm sichtlich mundete: »Der Wein erfreue des Menschen Herz. (4) Komm her, wir wollen uns vollsaufen.« (2)

Na, geht doch, dachte ich. Den ganzen Abend verbrachten wir an der Bar. Es machte mir Spaß, mich mit ihm zu unterhalten. Ich erfuhr eine ganze Menge über ihn, unter anderem auch seinen Namen. Er war fünfundzwanzig, Medizinstudent und eher ein Körnerfresser als ein Normalo. Seine Ausdrucksweise kam mir jedoch sehr merkwürdig vor, bis er mir beichtete, dass über die Hälfte seiner Worte Bibelzitate waren. Er muss quasi die gesamte Bibel auswendig gekannt haben. Ich staunte, was so alles für Sprüche in der Bibel vorkommen. Das hätte ich nie gedacht und ich beschloss, die Bibel endlich auch einmal zu lesen.

Dafür, dass er eigentlich keinen Alkohol trank, konnte er einen mächtigen Stiefel vertragen. Ich hatte schließlich Angst, er würde mich unter den Tisch saufen. Als er anfing zu nuscheln und zu mir sagte: »Ich hab eine schwere Zunge« (3), schlug ich vor, zu mir nach Hause zu gehen.

Eigentlich bin ich ja strikt dagegen, Männer abzuschleppen, doch in diesem Fall tat mir Joschua leid. Schließlich hatte *ich* ihn zum Alkoholtrinken überredet, deshalb wollte *ich* ihn dann auch nicht sich selbst überlassen. Ich wollte ihn bei mir ausschlafen lassen und ihn nach dem Frühstück nach Hause schicken.

Dass Joschua allerdings ein Draufgänger war, merkte ich erst, als wir bei mir zuhause waren. Er war scheinbar gar nicht so betrunken, wie ich anfangs angenommen hatte. Zielgerichtet verfolgte er seinen Plan, mich flach zu legen. Er ging mir gleich an die Wäsche, zog mich etwas unsanft nackt aus und dirigierte mich anschließend in mein Bett.

Als er sich seiner Klamotten entledigt hatte, bekam ich einen riesen Schreck. Mir fiel sofort auf, dass er einen mordsmäßigen Ständer hatte. Als Teeny hätte ich zu meiner besten Freundin gesagt: Tödlich giftig. Wir hatten uns nämlich in diesem Alter eine geheime Klassifizierung für die Schwänze der Jungs ausgedacht. Dabei orientierten wir uns an den Skorpionen. Wir hatten im Fernsehen mal eine Reportage über Skorpione gesehen und fanden das mit den Schwänzen dermaßen interessant und lustig, dass wir diese Kuriosität gleich auf die Schwänze der Männer ummünzten. Typisch Frau kann ich da nur sagen. Bei den Skorpionen ist es nämlich so, dass je größer ihr Schwanz ist, desto giftiger sind sie. Ungiftig sind dann eben die ganz kleinen Schwänze und tödlich giftig sind die Mörderschwänze. Joschuas Schwanz war so ein tödlich giftiger Mörderschwanz und ich konnte es kaum erwarten, ihn in mir zu spüren.

Joschua lachte nur und sagte: »Das ist Gottes Finger.« (5)

Okay, dachte ich scherzhaft, wenn das schon Gottes Finger sein soll, wie groß würde da wohl Gottes Penis sein. Das war nur Spaß. Nicht, dass mir noch jemand wegen Gotteslästerung kommt. Jedenfalls war ich ganz scharf darauf, ihn erst einmal in die Hand zu nehmen, was ich auch umgehend in die Tat umsetzte. Joschua gefiel es, er meinte: »In deine Hände befehle ich meinen Geist.« (6)

Ich dachte im Stillen: Ach daher kommt der Ausspruch, dass Männer mit dem Schwanz denken und lächelte ihn an.

Joschua streichelte meinen Kopf und sagte: »In deiner Hand ist Kraft und Macht, und es ist niemand, der dir zu widerstehen vermag.« (7)

»Schön hast du das gesagt«, freute ich mich und versuchte mein Bestes zu geben. Doch es war ganz schön anstrengend, Joschuas großen Schwanz zu bearbeiten. Er spürte, dass ich zunehmend Konditionsprobleme bekam und sagte: »Du hättest deine Hände vorher waschen sollen. Wer reine Hände hat, nimmt an Stärke zu.« (8)

Ich konnte aber auch schlagfertig sein und staunte über mich selbst, als ich darauf antwortete und mir gar nicht bewusst war, dass es sich hierbei ebenfalls um ein Bibelzitat handelte.

»Ich wasche meine Hände in Unschuld.« (9)

Joschua lachte laut und sagte: »Der war aber auch nicht schlecht. Komm, leg dich hin, ich möchte dich jetzt verwöhnen.«

»Steht das auch in der Bibel?«, fragte ich scherzhaft.

»Du redest wie die törichten Weiber reden« (10), antwortete er. Dann kniete er sich vor das Bett und begann meine Muschi zu lecken. Dabei sagte er: »Die Zunge ist ein kleines Glied und richtet große Dinge an.« (11)

Wenn er auch ein Dummschwätzer war, doch Eines musste man ihm lassen: Er wusste genau, wie man eine Frau verwöhnt. So dauerte es nicht lange, bis ich meinen ersten Höhepunkt bekam. Danach legte sich Joschua auf mich und steckte mir seinen Kolben in mein Fötzchen. Ich dachte im ersten Moment, er zerreißt mir alles. Doch nach kurzer Zeit, spürte ich, wie sein Glied immer kleiner wurde. Das, was er dann sagte, klang wie ein Stoßgebet gen Himmel: »Herr, ich leide Not. (14) Der Geist ist willig; aber das Fleisch ist schwach. (12) Mein Gott, mein Gott, warum hast du mich verlassen?« (13)

Jetzt tat er mir sogar etwas leid. Er hat sich so viel Mühe gegeben, mich zu verwöhnen und nun war er geschafft. Ich wollte ihn trösten und sagte: »Komm, lass uns ein wenig schlafen.«

»Du bist lieb, Laura. Selig sind, die da Leid tragen, denn sie sollen getröstet werden. (15)

42

Meine Stunde ist noch nicht gekommen. (16) Wenn ein Glied leidet, so leiden alle Glieder mit.« (19) »Du hast recht, ruhen wir uns aus«, erwiderte ich. Und er zitierte: »Ein jegliches hat seine Zeit.« (20)

»Was möchtest du morgen früh essen?«, fragte ich.

»Sorgt nicht für morgen, denn der morgige Tag wird für das Seine sorgen.« (22)

»Wie du meinst. Das musst du eben essen, was auf den Tisch kommt. Basta!«

Wir kuschelten uns eng aneinander und ich fühlte mich wohl und geborgen bei Joschua. Morgens gegen neun Uhr weckte ich ihn etwas unsanft. Joschua hätte sicher gern noch etwas geschlafen. Er schaute etwas dumm aus der Wäsche und murmelte: »Ich hatte so sanft geschlafen.« (17)

»Möchtest du jetzt frühstücken?«, fragte ich.

Darauf antwortete er: »Der Mensch lebt nicht vom Brot allein«, (18) und zog mich wieder ins Bett.

»Meinst du das jetzt im Ernst. Hast du keinen Hunger?«, fragte ich.

»Bei mir ist ‚JA‘ ja und ‚NEIN‘ ist nein.« (21)

»Okay, okay, ist ja gut. War nicht so gemeint.«

Ich sah deutlich, dass sich sein Schwanz recht gut erholt hatte, deshalb war mir auch sofort klar, wie er diesen Spruch meinte. Schließlich ist er ja heute Nacht nicht so ganz auf seine Kosten gekommen und muss jetzt einiges nachholen.

»Na gut, dann frühstücken wir eben später.«

Ich nahm seinen Schwanz in den Mund und hoffte, dass dadurch mein Hungergefühl verschwinden würde. Das dachte ich aber nur. Es wurde schlimmer und ich sagte zu Joschua: »Leg dich hin! Ich möchte mich auf dich setzen und dich in mir spüren. Du hast so einen schönen Schwanz. Der macht mich so geil.«

»Was du tust, das tue bald. (23) Es ist nichts schlimmer, als wenn einer sich selbst nichts Gutes gönnt; und das ist die rechte Strafe für seinen Geiz.« (24)

»Sag mal, du hast wohl die ganze Bibel auswendig gelernt? Kannst du auch mal normal reden? Wenigstens beim Sex. Ich komme mir langsam vor, als ob ich mit dem Papst vögle.«

Joschua schwieg einen Augenblick. Diese Zeit nutzte ich, um mich auf ihn zu schwingen und mir seinen Schwanz einzuführen. Dieses Wahnsinnsgefühl entschädigte mich für seine dummen Sprüche und ich hoffte, er würde wenigstens die nächsten Minuten seinen Mund halten. Und tatsächlich, er konnte auch schweigen und genießen. Sein mächtiger Penis ließ meine Säfte fließen und trieb mich schweigend aber glücklich von Orgasmus zu Orgasmus. Schließlich kam auch Joschua, in mir.

Eigentlich mag ich das ja nicht, wenn die Männer mich mit ihrem Sperma abfüllen. Ich finde es eklig, wenn es dann so langsam wieder heraus suppt. Doch bei Joschua kam ja nicht mal eine Vorwarnung, kein Stöhnen, rein gar nichts. Er spritzte einfach ab. Ich nahm zwei Papiertaschentücher, wischte mich etwas ab und wir kuschelten noch ein paar Minuten eng aneinander. Danach duschten wir.

Als Joschua beim Frühstück immer noch schwieg, fragte ich ihn: »Hast du deine Sprache verloren? Oder was ist mit dir los?«

»Wer viel plaudert, der macht sich feindselig.« (25)

»So ein Schmarrn. Mit mir kannst du doch reden. Erzähl mir noch mal was über dich! So wie gestern Abend. Wie lebst du so?«

Dann brach er endlich sein ewiges Schweigen.

»Ich bin Gast auf Erden. (26) Und so lebe ich auch. Moses sagt: Schändet das Land nicht, da-

45

rin ihr wohnt. (27) Ich bin ein einfacher und zufriedener Mensch. Lieber arm und Gott gehorsam als reich und voller Sorgen. (28) Wem viel gegeben ist, bei dem wird man viel suchen. (29) Bei mir werden Einbrecher nicht viel finden.«

»Dann kennst du sicher auch keinen Neid, keine Missgunst und keinen Geiz. Geiz ist bei dir bestimmt nicht geil, oder?«, fragte ich.

»Das ist gewisslich wahr. (30) Geldgier ist eine Wurzel alles Übels. (31) Ich bin zufrieden mit dem, was ich habe.«

»Du glücklicher«, sagte ich. »Ich beneide dich. Gerade jetzt in der Krise. Die ganze Krise geht dir bestimmt am Arsch vorbei.«

»Ich sage dir: Die ganze Welt liegt im Argen. (32) Der Gerechte muss viel leiden. (33) Doch ich warne alle Menschen. Es wird der Tag kommen, an dem der Messias auf die Erde kommt und alle richten wird. Wer sich selbst erhöht, der wird erniedrigt; und wer sich selbst erniedrigt, der wird erhöht.« (34)

»Du bist schon ein sehr komischer Vogel. Ich habe zwar schon viele Männer kennengelernt. Aber so einer, wie du war noch nie dabei.«

»Ich danke dir Gott, dass ich nicht bin wie die anderen Leute.« (35)

»Und was gedenkst du später mal zu machen, wenn du fertig bist mit dem Studium?«

»Ich werde predigen.«

»Und davon kann man leben? An Arbeiten gehen denkst du wohl nicht? Wie willst du dein Geld verdienen? Denkst du vielleicht, wenn du so deppert daher redest, gibt dir einer auch nur einen einzigen Cent dafür.«

»Gott wird mich durch mein Leben begleiten.«

Jetzt reichte es mir. Joschua ging mir mit der Zeit mächtig auf den Nerv. Da konnte auch sein großer Schwanz nicht darüber hinweg täuschen.

»Joschua, tut mir leid. Ich muss dich jetzt bitten zu gehen.«

»Mitten im Frühstück?«

»Ja, mitten im Frühstück. Wer nicht arbeiten will, der soll auch nicht essen. (36) Steht übrigens auch in der Bibel.«

»Woher kennst *du* diesen Spruch?«

»Das ist *mein* Geheimnis.«

Joschua machte sich tatsächlich umgehend auf die Socken, obwohl er gar keine trug. In der Disko sah ich ihn auch nie wieder. Vielleicht predigt er jetzt irgendwo in der Welt.

Den Spruch hat übrigens meine Oma immer aus Spaß zu mir gesagt, wenn ich den ganzen Tag nur gefaulenzt habe und dann zum Abendessen erschien. Zufällig erinnerte ich mich in diesem Zusammenhang wieder an ihn.

4. Reifere Frauen lieben besser?

Maria und Daniel

Jeden Augenblick kann der Installateur klingeln und ich stehe immer noch splitternackt im Bad herum. Ich habe mir gleich gedacht, dass dieser Termin, morgens um sieben Uhr, viel zu früh sein könnte. Aber was soll ich machen, wenn kein anderer Termin mehr zu haben war? Ich kann ja auch nicht ewig warten, wenn der Abfluss unter der Spüle kaputt ist und es am laufenden Band tropft. Zurzeit habe ich meinen einzigen Eimer darunter gestellt, aber irgendwann muss ich ja mal wieder die Wohnung putzen.

Ja, wenn mein Mann noch da gewesen wäre. So einen läppischen defekten Abfluss hätte der doch mit links wieder in Ordnung gebracht. Doch Markus musste ja mit so einer zwanzigjährigen blonden Zicke durchbrennen; das geile Miststück. Meinen Mann meine ich. Nicht, dass Sie jetzt denken, ich wäre stutenbissig. Nein, das täuscht gewaltig. Ich gönne sie ihm. Soll er doch mit diesem Aas glücklich werden. Er wird schon sehen, was er davon hat.

Ich frage mich nur, warum er das gemacht hat. Ich habe doch alles für ihn getan. Und hässlich bin ich auch nicht gerade. Ich habe alles, was eine Frau haben muss. Ach, was soll's? Warum soll ich mir noch ewig über Markus Gedanken machen? Wenn es aus ist, ist es eben aus. Wenn er sich einmal dieses gewissenlose Luder in den Kopf gesetzt hat, kann man nichts mehr machen.

Männer, die sind doch alle gleich. Für lange blonde Haare, einen kurzen Rock und große Titten können die Haus und Hof aufs Spiel setzen. Die scheinen wie Marionetten an den Nippeln der Frauen zu hängen, ohne einen eigenen Willen; und wie hypnotisiert drehen sie völlig durch. Dabei hat die andere Frau auch nur Brüste und einen Spalt zwischen den Beinen. Der einzige Unterschied ist, das dieser bei einigen rasiert und bei eher wenigen behaart ist.

Das scheint dieser angeborene Jagdtrieb zu sein, welcher den Männern wohl bis in alle Ewigkeit anhängen wird. Jäger und Sammler waren sie mal. Früher! Ganz früher! Da kann sich ja eine Frau direkt glücklich schätzen, wenn ihr Mann nur Bierdeckel, Münzen oder etwa Briefmarken sammelt. In so einem Fall hat sie einen Sammler erwischt und keinen Jäger.

Sammler sind vergleichsweise viel, viel harmloser als Jäger. Jetzt aber mal im Ernst: Ich glaube, Männer kann man heutzutage immer noch in Jäger und Sammler unterteilen, obwohl wir längst nicht mehr in der Steinzeit oder bei den Neandertalern leben.

Ein gutgemeinter Rat von mir: Um zu vermeiden, dass ihr Mann dauernd anderen Frauen hinterher rennt, sollte eine Frau zuallererst für klare Verhältnisse sorgen. Am besten, sie fragt ihn gleich zu Beginn einer aufkeimenden Partnerschaft nach seinen Hobbys. Bei einem Mann, der nichts sammelt, sollten sofort ihre Alarmglocken läuten, dann ist er mit ziemlicher Sicherheit ein Jäger oder wird sich garantiert noch zu einem solchen entwickeln.

Jäger brauchen immer eine längere Ausbildung, man kann auch Übungsphase dazu sagen, bis sie ihr Handwerk beherrschen. Sammler betreiben ihr Hobby bereits von Kindesbeinen an. Anfangs sind es noch die Überraschungseifiguren, die fleißig gesammelt werden, dann Plastikbierautos und schließlich vielleicht Oldtimer. Bei derartigen Hobbys bringen diese Männer zwar auch eine Menge Kies unter die Leute, aber sie sind Ihnen wenigstens treu. Wenn Sie darauf überhaupt Wert legen. Ich weiß es ja nicht. Manchen Frauen bedeutet Treue ja nicht so viel. Denen ist die Knete lieber. Frauen sind eben auch verschieden, genau, wie Männer. Aber nicht so sehr.

Verdammt, jetzt läutet es und ich bin noch nicht fertig mit Schminken. Jetzt kann ich mir nur schnell meinen Morgenmantel umwerfen. Wo ist er denn schon wieder? Mensch Maria, du bist in letzter Zeit ganz schön vergesslich geworden. Und das mit noch nicht einmal vierzig Jahren. Wenn das so weitergeht, kann man mich mit 65 im Altersheim besuchen, wo ich dann samstags immer mit den anderen Demenzkranken Florian Silbereisen oder so ein Gedöns schauen muss. Der einzige Trost ist, dass man Gott sei Dank nach der Sendung gleich alles wieder vergessen hat. Ach, jetzt fällt es mir wieder ein: Der Morgenmantel ist noch im Wohnzimmer. Ich hatte ihn ja gestern Abend nach dem Duschen angezogen. Alzheimer habe ich also noch nicht. Vom Wohnzimmer eile ich zur Eingangstür und öffne.

»Firma Niemann, Daniel Niemann. Guten Morgen, Frau Fischer! Sie haben Probleme mit Ihrer Spüle?«, fragt mich der nette junge Mann.

»Guten Morgen Herr … Niemann. Ja, sie tropft ständig wenn ich das Geschirr darin spüle. Vielleicht ist eine Dichtung kaputt. Ich habe keine Ahnung.«

»Schauen wir doch gleich mal nach. Das sollte nicht so kompliziert sein. Wo geht's in die Küche?«

»Hier, kommen Sie bitte, hier ist die Küche.«

Der junge Mann folgt mir in die Küche, kniet sich sofort unter die Spüle, inspiziert die undichte Stelle und sagt dann indem er sich auf den Rücken legt: »Kommen Sie bitte mal her, gute Frau, und sehen Sie sich das an!«

Ich gehe ein wenig in die Hocke und frage: »Haben Sie etwa schon den Grund für das permanente Tropfen gefunden?«

Er schaut unter der Spüle hervor und sagt: »Die Dichtung ist wahrscheinlich nicht kaputt. Aber sehen Sie hier, an dem Plastikknie ist ein Sprung. Vielleicht sind Sie versehentlich mit einem Gegenstand daran gestoßen.«

»Schon möglich«, sagte ich und gehe noch etwas weiter in die Hocke. Doch mit einem Mal traf es mich wie ein Blitz. Mir wurde heiß, das Blut schoss mir in den Kopf. Ich sah, wie der junge Mann mir kurz zwischen meine gespreizten Beine schaute. Ist mir das peinlich. Ich habe doch nur einen Morgenmantel an, unter dem ich splitterfasernackt bin. Wie soll ich nur in dieser peinlichen Situation reagieren? Soll ich etwa so tun, als ob ich nicht daran gedacht habe? Ich habe keine Zeit darüber nachzudenken. Jetzt ist es eh zu spät. Ich reagiere etwas unkonventionell und versuche das Bestmögliche daraus zu machen und gehe in die Offensive.

»Oh, Sie können mir ja genau zwischen meine Beine schauen. Ich hoffe, Ihnen gefällt, was Sie sehen. Ich habe glatt vergessen, dass ich ja nur einen Morgenmantel anhabe.«

Ich lache gekünstelt und bleibe absichtlich in dieser Position hocken. Was ist schon dabei? Er wird doch schon mal eine nackte Muschi gesehen haben. Außerdem habe ich wirklich eine ganz süße kleine Schnecke, hat jedenfalls Markus immer gesagt, der alte Heuchler.

Der junge Mann schaut mir erneut zwischen meine geöffneten Schenkel und lächelt mich an, sagt aber kein Wort. Ich kann es kaum glauben, aber seine stechenden Blicke machen mich an, erregen mich sinnlich. Mit einem Mal spüre ich ein leichtes Kribbeln in meiner Vagina, fühle mich, wie eine Exhibitionistin, die wildfremden Menschen ihr intimstes Geheimnis offenbart. Die Nippel meiner Brustwarzen werden hart und zeichnen deutlich sich unter dem Stoff meines beigefarbenen Morgenmantels ab.

Auf einmal beginne ich mich zu schämen, denn ich weiß, was gleich passieren wird. In wenigen Augenblicken werden sich meine Schamlippen wie von selbst entfalten. Ich kann doch nichts dafür. Ich bin nun mal leicht erregbar. Das geht bei mir ganz fix und im Handumdrehen bekomme ich eine feuchte Muschi. Gleich wird mir der Liebessaft aus meiner Spalte rinnen.

Das Kribbeln wird immer intensiver, ich halte es kaum noch aus. Am liebsten würde ich mir jetzt an meinen Schoß fassen, um mir Entspannung zu verschaffen, doch ich versuche mich zu fangen, an etwas anderes zu denken. Es fällt mir schwer, ich frage ihn mit unsicherer vibrierender Stimme: »In Ihrem Beruf kommen Sie sicher öfter mal in die Verlegenheit, nackte Frauen zu sehen. Oder?«

Der junge Mann unterbricht seine Arbeit, verstummt kurz und sagt schließlich: »Eigentlich ist mir das bisher nur einmal passiert.«

»Tatsächlich? Erzählen Sie bitte! Das interessiert mich«, hauche ich ihm zu.

»Ich weiß nicht, ob ich Ihnen das erzählen soll. Wir kennen uns doch gar nicht«, zögert der junge Mann zunächst.

»Oh, bitte!«, flehe ich ihn an und mache ihm dabei schöne und verführerische Augen. Der junge Mann lächelt, schüttelt den Kopf, fängt dann schließlich doch an zu erzählen: »Ich möchte aber nicht, dass Sie ein schlechtes Bild von mir bekommen. Das muss unter uns bleiben.«

»Natürlich bleibt das unter uns, ist doch selbstverständlich!«

»Also gut. Die Frau war schon etwas älter. Ich sollte die Mischbatterie ihrer Dusche austauschen. Als ich fertig war, stand sie nackt vor mir und wollte sie gleich ausprobieren. Und ich sollte ihr dabei Gesellschaft leisten.«

»Und, haben Sie's getan?«

Der junge Mann schaut etwas verschämt.

»Nein, damals war ich noch zu jung und etwas unerfahren. Ich war noch AZUBI und habe mich nicht getraut, obwohl ich schon gewollt hätte.«

»Und heute?«

Er schaut mir erneut demonstrativ zwischen meine Schenkel und hebt die Schultern.

»Weiß nicht.«

»Haben Sie eine Freundin?«, frage ich ihn neugierig.

»Nein, zurzeit nicht.«

Ich überlege kurz. So ein hübscher Mann und keine Freundin. Der muss doch geil sein, wie Nachbars Lumpi. Ich sehe, dass sich in der Zwischenzeit in seinem Blaumann etwas getan hat. Mein Anblick hat ihn also doch etwas angemacht. Mein Selbstbewusstsein steigt. Schließlich bin ich geschätzte 15 Jahre älter als er.

»Aber du hattest schon mal eine Freundin?«

Daniel, so nenne ich ihn einfach mal, schaut mir ins Gesicht und stottert: »Ja, natürlich, ein, ein paar waren es schon. Aber, aber ich hatte noch, noch nie eine längere Beziehung.«

»Warum denn nicht? Hast du ein Beziehungsproblem?«

»Weiß nicht. Eher …«

»Was eher?«

»Eher liegt es an mir, weil …«

Jetzt ist es bei mir soweit, ich spüre ein Kribbeln in meiner Vagina. Bei der kleinsten Berührung würde sie explodieren. Gern würde ich jetzt Daniels Hose öffnen, seinen Schwanz rausholen und in mit meinem Mund umschließen, ihn saugen, bis er in mir abspritzt. Nein, ich kann nicht. Ich reiße mich zusammen.

»Was weil? Spann mich doch nicht so auf die Folter!«

»Ich, ich, ich stehe eher auf ältere Frauen.«

Ich bin baff und Daniel sieht man an, dass ihm ein Stein vom Herzen gefallen ist. Das reizt mich natürlich noch mehr. Es ist eine Herausforderung für mich. Würde ich es schaffen, ihn hier, in meiner Wohnung zu verführen?

»Du stehst also auf ältere Frauen. Wie alt sollten sie sein? So, wie ich etwa?«

»Ja, etwa.«

»Und, was reizt dich an ihnen.«

Daniel tastet mit seinen Augen meine geöffneten Schenkel ab und sagt schließlich mit einer Begeisterung und einem Glanz in seinen Augen: »Ihre Erfahrung, ihre prallen Ärsche, ihre vollen Titten, ihre saftigen Mösen, ihre lauten Liebesschreie, ihre Willigkeit und ihre ewige Lust.«

Ich bin perplex und staune über seinen plötzlichen Gefühlsausbruch und seine Wortwahl. Doch ich nehme es ihm nicht übel. Im Gegenteil, insgeheim wünsche ich mehr von diesen schlüpfrigen Worten. Markus hat leider nie solche Worte zu mir gesagt, er war immer korrekt in seinen Ausdrücken.

»Willst du damit sagen, dass ältere Frauen williger sind als junge?«, frage ich und merke gar nicht, wie wir auf einmal beim *du* gelandet waren.

»Ja, das meine ich. Die jungen Frauen in meinem Alter sind doch alle zickig. Die wollen erobert werden. Die spielen doch mit den Jungs. Ältere Frauen, dagegen wissen, wo's lang geht. Die nutzen jede Gelegenheit aus. Manchmal sind sie geiler als die Männer. Das habe ich schon mehrmals am eigenen Leib gespürt.«

»Ja, wirklich? Erzähl' mal! Ich heiße übrigens Maria.«

»Das war vorhin etwas untertrieben, dass ich erst ein Erlebnis hatte«, rückt er plötzlich mit der Sprache heraus und duzt mich auch.

»Fast wöchentlich erlebe ich Derartiges. Manchmal bestellen mich die Frauen nur, um von mir gefickt zu werden. Die sind so scharf, das kannst du dir kaum vorstellen.«

»Doch, das kann ich«, unterbreche ich ihn, greife nach Daniels Hand und führe sie langsam meine Schenkel hinauf, bis zu meinem feuchten, wollüstigen Schoß. »Und, erfüllst du immer deren Wünsche?«

»Eigentlich meistens. Es kommt auf die Wünsche der Frauen an. Wenn es ihnen besonders gut gefallen hat, geben sie mir noch ein anständiges Trinkgeld. Da kann man gut davon leben. Von meinem Lohn in der Firma könnte ich mir nicht solch einen Luxus leisten.«

»Und, was sind das so für Wünsche, die die Frauen haben?«

»Eigentlich wollen die meisten Frauen nur mal so richtig genommen werden, von vorn oder von hinten. Es kommt auch schon mal vor, dass sie perverse Wünsche haben. In solch einem Fall überlege ich mir dann schon, ob ich das mache.«

»Was verstehst du unter pervers?«

»Meist wollen die dann solche SM-Spielchen. Ich soll sie auspeitschen oder sie mich, dann empfangen sie mich in der Regel gleich in Latex-Klamotten. Das geht mir aber zu weit. Da bin ich nicht der Typ für.«

»Was sind das für Frauen, die dich ordern?«

»Ach, weißt du, sie haben alle eins gemeinsam: Sie wollen einerseits keine fest Bindung mehr und andererseits aber auch nicht auf Sex verzichten. Was ich total nachvollziehen kann. Mein Name hat sich bereits herum gesprochen und ich werde sehr gern gebucht. Ich bin so etwas, wie ein Geheimtipp.«

»Kannst du denn mehrere Frauen am Tag befriedigen?«

»Zwei, drei schaffe ich schon. Ich lege meine Termine immer schon so, dass ich zu denjenigen, die mich am meisten fordern, zuerst gehe. Im Laufe der Zeit kennt man seine *Kundinnen* schon. Sie werden nach und nach zu Stammkunden.

Nachmittags besuche ich dann die Frauen, die nur ein wenig schmusen wollen. Ein wenig die Nippel kraulen, oder die feuchte Muschi lecken oder fingern. Das war's dann, dann kommen die schon und sind glücklich. Das hält dann bei denen ein oder zwei Wochen an.«

»Eigentlich bräuchtest du gar nicht als Installateur arbeiten. Du hast bestimmt auch so genug zu tun und genug Geld?«

»Im Prinzip hast du recht. Aber du musst ja auch an die Zukunft denken. Man wird ja nicht jünger. Bald kommt die Zeit, wo du froh bist, wenn du ihn wenigstens einmal am Tag hoch kriegst. Was dann?«

Ich schaue wieder auf seine Hose.

»Im Moment hast du aber noch keine Probleme, wie ich sehe.«

Daniel lacht: »Mit dreiundzwanzig wäre das ja auch schlecht.«

Die ganze Unterhaltung hat mich dermaßen erregt, dass meine Muschi pitschnass nass ist, was Daniel bereits erwartungsvoll zur Kenntnis genommen hat. Ich stehe auf, ziehe meinen Morgenmantel aus und frage Daniel: »Und wie findest du mich? Findest du mich attraktiv?«

Wieder lächelt Daniel. Mir gefällt sein ehrliches Lächeln. Es sagt mehr als tausend Worte. Er hat es geschafft, mich geil zu machen. Eine eigenartige, prickelnde Situation ist entstanden. Ich weiß genau, dass wir uns in wenigen Augenblicken im Bett räkeln werden. Im diesem Moment stehe ich jedoch noch wie versteinert und nackt vor Daniel. Es bedarf nur eines einziges Zeichens oder eines einzigen Wortes, um den Mechanismus in Gang zu setzen. Es ist die Ruhe vor dem Sturm. Jetzt gibt es kein Zurück mehr.

»Komm!«, sage ich nur und deute ihm mit meinem Zeigefinger, mir zu folgen. Daniel steht auf, zieht sich rasch aus und folgt mir ins Schlafzimmer. Ich lege mich mit weit gespreizten Beinen aufs Bett, doch meine Füße berühren noch den Teppichboden.

»Leck mich! Meine Möse dürstet nach deiner Zunge. Zeig mir, wie du es bei den anderen Frauen machst! Mach schon!«

Daniel kniet sich zwischen meine Beine. Seine Finger öffnen geschickt meine glänzenden

Schamlippen. Seine flinke Zunge beginnt sofort mit ihrer Arbeit, liebkost das rosa Fleisch meiner Muschi. Nach wenigen Augenblicken bekomme ich meinen ersten Orgasmus. Schon lange habe ich nicht mehr solch ein herrliches Lustgefühl erlebt. Daniels Hände greifen nach meinen vollen Brüsten, während mich seine geübte Zunge ohne Unterlass leckt und mir einen Orgasmus nach dem anderen beschert.

»Komm, fick mich jetzt! Besorg es mir! Ich möchte dich in mir spüren.«

Gewandt führt Daniel seinen Schwanz in meine hungrige Öffnung. Dieses Gefühl hat mir so sehr gefehlt.

»Komm sag was! Sag was Schweinisches!«

Daniel kramt nun all die bösen Wörter aus der Trickkiste. Er weiß genau, was ich hören will.

»Na, gefällt dir das? Gefällt dir, wie ich deine Möse ficke? Du hast doch schon darauf gewartet. Warst ganz heiß auf meinen Schwanz.«

»Ja, du machst es gut. Ich will noch mehr hören.«

Daniels Worte erregen mich und sein Schwanz füllt mich total aus. Seine intensiven Stöße treiben mir den Saft aus der Muschi. Ich komme schon wieder.

Ich deute ihm an, sich auf den Rücken zu legen und setze mich auf ihn, reite ihn. Sein Schwanz ist immer noch steif. In diesem Moment bin ich froh, dass ich den frühen Termin gemacht habe.

Gleich wird er soweit sein. Ich lasse sein nasses glänzendes Glied aus meiner Möse gleiten und nehme es ganz in meinen Mund, sodass nur noch sein Haarkranz zu sehen ist. Ich umschließe seinen Schwanz fest mit meinen Lippen, sauge, umspiele ihn mit meiner Zunge, bis er sich in mir entlädt.

Es war wie ein Traum, unwirklich und doch wahr. Aber irgendwie frage ich mich. Wer hat hier eigentlich wen besiegt. Ich, die einen 15 Jahre jüngeren Mann verführt hat? Oder Daniel, der auf ältere Frauen steht. Egal, wir hatten beide etwas davon.

Als Daniel nach einer Stunde meine Wohnung verlässt, tropft weder der Abfluss, noch meine Muschi und er hat eine Stammkundin mehr.

5. Die Nymphomanin

Maik und Monika

Monika, eine hübsche brünette Frau um die vierzig, lernte ich auf einer meiner vielen Dienstreisen kennen. Sie saß auf der Rückfahrt nach Hamburg im ICE unmittelbar neben mir. Gewöhnlich spreche ich nicht mit meinen Nachbarn. Doch bei Monika war es anders. Ich weiß nicht, ob es der berauschende Duft ihres Parfums war, der mich in ihren Bann zog oder aber ihre sinnliche Stimme. Ich hörte ihr gern zu, ließ mich von ihren sanften Worten einlullen. Fühlte mich sehr wohl in ihrer Nähe. Am liebsten hätte ich meinen Kopf auf ihre Schulter gelegt und die Augen geschlossen.

Sicher war sie froh, einmal mit jemanden über ihre Probleme reden zu können. Kurz vor Hamburg wusste ich fast ihren gesamten Lebenslauf. Sie erzählte mir von ihren Sorgen und Nöten, vor allem aber von ihren unglücklichen Lieben.

Normalerweise bin ich immer froh, endlich zuhause in Hamburg, zu sein. Diesmal nicht. Ich hätte Monika noch stundenlang zuhören können. Es war wunderschön, einfach nur ihre

Nähe zu spüren. Ich musste sie unbedingt wiedersehen.

Als wir uns bei Fahrtende verabschiedeten, sagte ich, ohne mir irgendwelche Hoffnungen zu machen: »Wir können ja mal zusammen essen gehen, wenn Sie wieder in Hamburg sind.«

»Ja gern, rufen Sie mich doch einfach nächste Woche an«, sagte Monika und überreichte mir ihre Visitenkarte. »Klingeln Sie mich aber bitte auf dem Handy an! Da bin ich immer zu erreichen.«

Ich freute mich riesig, denn diese Reaktion hätte ich gar nicht erwartet. Doch bevor ich vor Freude völlig durchdrehte, wollte ich zunächst einmal den ersten Anruf abwarten. Dieser verlief ausgesprochen positiv. Monika freute sich und willigte auch gleich ein, mit mir am Wochenende Essen zu gehen.

Während dieses netten Abends am Samstag war mir dann endgültig klar, dass ich mich unsterblich in Monika verliebt hatte. Ich konnte überhaupt nicht nachvollziehen, warum sie bereits so viele Männer haben sitzen lassen. Ich hatte tausende von Schmetterlingen im Bauch, war unendlich eifersüchtig, wollte Monika am liebsten nicht mehr gehen lassen, wollte immer in ihrer Nähe sein, wollte endlich mit ihr schmusen, sie küssen und sie verführen. Und ich glaube, ihr ging es ebenso.

Noch an diesem Abend lud ich sie für das kommende Wochenende zu mir nach Hause ein. Ich wollte einen kleinen romantischen Grillabend, nur für uns beide, veranstalten. Zu diesem Zeitpunkt wusste ich jedoch noch nicht, auf was ich mich da mit Monika eingelassen hatte.

Extra für diesen Zweck kaufte ich mir einen Elektrogrill, da ich auf meinem Balkon keinen Holzkohlegrill betreiben darf. Vorab versuchte ich, eine anheimelnde Atmosphäre zu schaffen, indem ich einige Kerzen aufstellte und eine hübsche Tischdekoration aufbaute.

Monika brachte Grillfleisch mit und ich kaufte einige Thüringer Bratwürste. Das Fleisch und die Würste schmeckten sehr lecker. Jedoch war ich froh als wir endlich mit dem Essen fertig waren. Jetzt konnte ich zur eigentlichen Sache überwechseln.

Irgendwie standen wir auf einmal etwas stumm und phlegmatisch in der Wohnung herum. Beide wussten wir wohl nicht so richtig, wie wir den abrupten Übergang vom Fleischessen zu den fleischlichen Genüssen vollziehen sollten. Schließlich wählte ich die unkompliziertere Variante. Ich nahm Monika einfach in den Arm, begann sie zu küssen und wagte mir sogar, ihre Knöpfe vorn am Kleid zu öffnen. Anfangs tat Monika noch so, als ob sie nicht so recht wollte. Dann meinte sie aber: »Ach, ist sowieso egal!«

Weiß der Kuckuck, wie sie das meinte. Das war so etwas, wie ein Signal oder eine Aufforderung für mich und ich zog Monika langsam das Kleid aus, danach folgte der BH. Sie hatte ganz reizende hellblaue Dessous auf der Haut und um ihre Hüften trug sie ein goldenes Kettchen. Plötzlich nahm sie ein Taschentuch fuhr damit in ihr Höschen. Als sie es wieder herausholte, sah ich, dass es pitschnass war. Oh, mein Gott, dachte ich, die muss ja geil sein, die tropft ja schon.

Das Höschen durfte ich ihr jedoch nicht ausziehen. Vielleicht schämte sie sich, dass sie so nass im Schritt war. Es war aber derart weit, dass man an den Seiten bequem hindurch fassen konnte.

Zunächst machte ich mich an ihren wunderschönen Brüsten zu schaffen.

»Für dein Alter hast du aber schöne feste Brüste!«, meinte ich beiläufig.

Ob ich damit in ein Fettnäpfchen getreten war, weiß ich bis heute nicht. Ich denke mal, nein, denn sie hatte wirklich schöne Brüste, sie hingen noch kein bisschen schlaff herunter, wie sonst bei reiferen Frauen, und waren gut geformt.

Ich liebe nun mal schöne Brüste. Aber nicht nur Brüste. Vier Dinge sind für mich bei einer Frau zunächst einmal interessant: Die Beine, die Brüste, der Po und das Gesicht. Die Reihenfolge ist unbedeutend, es kommt immer darauf an, was mir zuerst auffällt.

Man kann nicht unbedingt sagen, dass ich irgendeinen Körperteil zuerst anschaue oder dass ich immer zuerst auf die Brüste schaue. Nur wenn mir eines der vier Körperteile positiv ins Auge sticht, werden auch die anderen gemustert. Danach erst bilde ich mir ein Gesamturteil.

Auch mag ich Frauen mit niedlichem Gesicht und längeren Haaren. Sie sollten möglichst nicht zu kleine Brüste haben, auf jeden Fall sollten der Busen natürlich, und nicht mit Silikon gefüllt sein. Zu groß sollten die Brüste aber wiederum auch nicht sein, da sie sonst im Alter unter Umständen bis zum Bauchnabel hängen würden.

Den Po liebe ich eher etwas rundlicher und die Beine sollten schlank, aber nicht so dünn sein. Ich liebe es nämlich auch sehr, den Frauen auf die Beine zu schauen. Frauen mit kurzem Röckchen oder transparenten, luftigen und schwingenden Sommerkleidchen erhitzen meine Phantasie derart, dass ich mir dann immer überlege, ob sie etwas darunter tragen oder nicht. Meist kann man das Höschen erkennen und manchmal eben auch nicht!

Wo war ich eigentlich stehen geblieben? Ach ja, beim Höschen von Monika. Nun begann ich ihre Schenkel zu streicheln und nach kurzer Zeit wagte ich mich noch ein Stück weiter. Vorwitzig schlängelten sich meine Finger seitlich in ihr Höschen zu ihren schwarzen Härchen. Meinen Vorschlag, uns nun in mein Bett zu begeben, nahm sie ohne zu zögern an.

Rasch zog ich mich nun auch aus und wir sprangen ins Bett. Ihr Höschen ließ Monika jedoch immer noch an. Warum weiß ich nicht. Sie meinte aber, dass sie nur Höschen hat, wo man an der Seite rein fassen konnte. Na gut, wenn sie das so will. Vielleicht macht sie das ja auch an. Jedem Tierchen sein Pläsierchen.

Danach schwang sie sich auf mich in meine Lieblingsstellung und führte langsam und genüsslich meine pralle Männlichkeit in ihre triefende Öffnung, die mich sehr an einen reifen Pfirsich erinnerte. Ich liebe es, wenn die Frau auf mir sitzt und ihre Brüste direkt vor meinem Gesicht auf- und ab wippen und mein Gesicht dabei liebevoll tätscheln, dass ich daran saugen und knabbern kann.

Während sie so auf mir ritt, fragte ich sie, ob sie es auch gern einmal in einer Umkleidekabine, in einem Fahrstuhl oder auf einer Wiese machen würde oder ob sie auch mal ohne Höschen gehen würde. Darauf sagte sie nur: »Weißt du, dass mich das wahnsinnig anmacht, wenn du so etwas zu mir sagst!«

»Was hast du dir da nur geangelt, Maik?«, fragte ich mich. Solch einen Eindruck hat sie anfangs gar nicht auf mich gemacht. Mir fiel auch auf, dass sie rasiert war. Zwar nicht total, wie eine nackte Maus, aber zumindest an den Seiten. Bestimmt aus dem Grund, damit nichts aus dem Bikini-Höschen lugt.

»Du bist rasiert!« sagte ich.

»Ja, wieso? Das hat noch keiner zu mir gesagt!«

Was das wohl schon wieder zu bedeuten hatte? So ein Luder. Sie tat ja gerade so, als ob sie täglich mit einem anderen Mann ins Bett gehen würde.

An diesem Tag haben wir uns jedenfalls so richtig ausgetobt. Aber, ob Monika genug hatte, bezweifle ich. Na ja, egal, ich hatte jedenfalls meinen Spaß und das ist doch die Hauptsache.

Wenige Tage später, es war ein lauer Sommerabend, fuhren wir hinaus aufs Land, in ein kleines Waldstück. Ich hatte den Eindruck, dass wir allein im Wald waren. Keine Menschenseele war zu sehen. Also ging ich auch gleich in die Offensive und begann mit Monika zu schmusen. Schnell öffnete ich ihre Bluse und meine Hand fasste unter ihren Rock. Monika schien schon darauf gewartet zu haben, denn ich konnte ungehindert an mein Ziel gelangen. Doch was war das? Unter ihrer Strumpfhose trug sie kein Höschen. Die Strumpfhose war so eng und transparent, dass ich ihr jeden Wunsch von den Lippen ablesen konnte. Hatte sie sich etwa gemerkt, was mich besonders anmacht. Ich fand es jedenfalls sehr animierend und reizvoll, wie sich ihr schwarzes Haarbüschel deutlich unter der Strumpfhose abzeichnete.

So sexy es auch aussah, die Strumpfhose störte. Also musste ich sie ausziehen. Monika half mir dabei, denn beim Ausziehen von

Strumpfhosen stelle ich mich immer etwas ungeschickt an. Schon zu oft musste die eine oder andere dabei daran glauben. Ganz auszuziehen brauchten wir die Strumpfhose allerdings nicht. Es reichte, sie etwas nach unter über ihren dicken Po zu streifen.

Wir stellten uns an einen Baum, damit sich Monika daran festhalten konnte, um bei meinen Stößen nicht nach vorn zu kippen. Ich stellte mich hinter sie, hielt mich an ihren wippenden Brüsten fest und schaute mich aber immer wieder um, ob uns auch keiner bei unserem tierischen Liebesspiel beobachtete. Monika schien es jedoch egal zu sein.

Während ich es ihr von hinten genüsslich besorgte, stöhnte sie leise vor sich hin und hielt ihre Augen geschlossen. Ich fand die Situation ziemlich geil und aufreizend und so brauchte ich nicht lange, um mich in ihre voluminöse Muschi zu entladen.

Ob Monika diesmal etwas davon hatte, konnte ich nicht sagen. Sie klemmte sich ein Tempo zwischen die Beine, das sie noch während unserer Kopulation aus ihrer Handtasche angelte, lächelte mich an und zog ihre Strumpfhose wieder hoch.

Wir gingen anschließend noch in den »Roten Hirsch«, einem Restaurant ganz in der Nähe ein Eis essen. Dabei streichelte ich die ganze Zeit ihre schönen Beine. Ja, sie hatte wirklich schöne geile Schenkel und immer wenn ich daran dachte, was wir vor wenigen Minuten gemacht haben und, dass Monika nur eine Strumpfhose unter dem Rock trug, bekam ich schon wieder die große Lust.

Für den darauffolgenden Samstag hatte ich einen anderen Plan. Wir fuhren abends in einen Biergarten, ganz in der Nähe eines Badesees. Vielleicht kann ich sie heute überreden, mit mir um Mitternacht nackt ins Wasser zu gehen, dachte ich so bei mir. Zunächst verbrachten wir den Abend bis gegen 22:30 Uhr in dem Biergarten bei Essen und Trinken. Danach schlug ich vor, zum Wasser zu schlendern. Monika war einverstanden. Wir gingen noch kurz zum Auto und holten meine Decke aus dem Kofferraum, die ich für derartige Situationen dort immer deponiert habe.

An diesem späten Abend war es total dunkel, kein Mond schien, aber es war noch relativ warm. Wir gingen zum Wasser hinunter. Sehen konnte uns, glaubte ich jedenfalls, niemand. Mit meiner Hand prüfte ich die Temperatur des

Wassers und zog es anschließend vor, vielleicht doch lieber nicht ins Wasser zu gehen, denn es war soooooo kalt. Aber nichts destotrotz, man konnte sich ja genauso gut für einen Moment am Hang auf die Wiese legen.

Doch mit »nur ein wenig auf die Wiese legen«, war es nicht getan. Monika hatte schon wieder diesen lüsternen schmachtenden Blick, den ich bei ihr immer sah, wenn sie dringend einen Schwanz in ihrer reifen Feige brauchte. Da es aber von unten ziemlich feucht und kühl war, hielten wir uns gar nicht lange beim Vorspiel auf und kamen stattdessen ziemlich schnell zur Sache. Monika setzte sich auf mich. Der Hang war jedoch relativ steil und sie rutschte immer wieder von mir runter und musste sich akrobatisch mit den Beinen abstützen. Plötzlich hörte ich ein lautes Knacken und Monika fasste sich sofort an ihr rechtes Knie. Bis heute weiß ich nicht, was das war. Jedenfalls musste es ziemlich wehgetan haben, was ich an Monikas schmerzverzerrtem Gesicht ablesen konnte, und wir mussten zwangsweise die Stellung wechseln. Aufhören wollten wir beide nicht. Dazu waren wir viel zu geil.

Nun lag Monika unten und ich mit nacktem Arsch auf ihr. So unbequem habe ich es noch nie mit einer Frau gemacht. Jetzt rutschte auch ich immer wieder von ihr herunter, beziehungsweise heraus und ich musste mich mit einer Hand so gut wie es nur ging im Gras festhalten. Da Monika aber ständig ihr Höschen anlassen musste, was ich ja ab und zu mit der anderen Hand zur Seite schieben musste, fiel es mir schwer, mich aufs koitieren zu konzentrieren, so dass ich einige Male schlapp machte.

Zu guter Letzt klappte es aber dann doch noch. Gott sei Dank, denn unvollendete Sachen mag ich nicht. Das wäre schade um die ganzen Bemühungen und das Geld für das Essen an diesem Abend. Ja, so muss man heutzutage rechnen. Man bekommt doch nichts geschenkt. Jedenfalls wurde dieser Tag dann doch noch zu einem unvergessenen und lustigen Erlebnis.

Tage später planten wir ein Picknick in der Heide. Ich holte Monika von zu Hause ab und lernte dabei auch gleichzeitig ihre Tochter kennen. Sie war 16 Jahre, etwas schüchtern aber außerordentlich hübsch. Monika hatte einen leckeren Kuchen gebacken und der Kaffee war auch schon fertig. Also konnten wir starten.

Nach etwa einer Stunde Autofahrt, suchten wir uns einen sonnigen Ort in einer Lichtung, die etwas abseits des Weges und der Straße lag.

Monika zog ihr Kleid aus, behielt aber Höschen und BH an.

Zunächst musste ich mir den trockenen Kuchen herunter würgen und mir den heißen Kaffee in den Hals kippen. Diese entsetzliche Prozedur dauerte etwa eine halbe Stunde. Anschließend zog es Monika vor, sich etwas zu sonnen. Sie legte sich auf den Rücken und ich konnte und durfte sie überall dort streicheln, wo ich es gern tat. Natürlich fing ich anstandshalber zunächst an den harmloseren Stellen, wie Hals und Arme an. Wagte mich aber sehr schnell zu den Schenkelinnenseiten und den Brüsten vor. Innerhalb kurzer Zeit war dann der BH aufgeknöpft und ausgezogen.

Nun konnte ich auch meine Zunge mit einbeziehen, die sich in erster Linie an ihren riesigen Brustwarzen mit den großen Nippeln zu schaffen machte. Ihr Höschen zog ich nicht aus, denn ich konnte ja bequem an der Seite hindurch fassen, bzw. andere persönliche Gegenstände, beziehungsweise Glieder, durchstecken. Man brauchte den Slip einfach nur ein wenig zur Seite zu schieben. Darin hatte ich in der Zwischenzeit schon sehr viel Übung.

Etwa 100 Meter entfernt verlief eine stark befahrene Straße. Ich weiß nicht, ob die Insassen der vorbeifahrenden Autos uns wahrnehmen konnten, denn zwischen uns und der Straße standen in unregelmäßigen Abständen einige größere Büsche. Das war aber gerade der Kick. Sehen die uns oder sehen die uns nicht und was denken die? »Die alten Schweine! oder Die haben's gut! Mein Alter macht so was nicht mehr mit mir, ja wo wir noch jung waren...!«

Auf dem Rückweg zum Parkplatz musste Monika ganz dringend mal im Wald für kleine Mädchen verschwinden, kam aber nach kurzer Zeit wieder und meinte nur: »Es geht nicht. Ich kann mich mit meinem kaputten Knie noch nicht hin hocken, es tut immer noch so weh. Kannst du mir nicht mal helfen?«

Ich fragte: »Wie kann ich dir denn helfen? Pieseln musst du schon alleine.«

»Du müsstest mir mal bitte helfen, mein Höschen auszuziehen, damit ich im Stehen pinkeln kann! Ich halte es nicht mehr länger aus, ich muss ganz, ganz dringend.«

»Das mache ich doch gern, mein Schatz! Aber mach mich ja nicht nass!«

Schnell folgte ich ihr noch einmal an die Stelle, wo sie eben schon war. Ich ging etwas in die Hocke, Monika stand, schon sehr verzweifelt, vor mir und ich schob ihr das Kleid hoch, zog ihr das Höschen nach unten und streifte es über ihre Füße, während sie sich auf meinen Schultern abstützte. Kaum hatte ich ihr das Höschen ausgezogen, da strullte sie auch schon los. Ich schloss meine Augen hörte nur noch das typische Zischen, das Geräusch einer pinkelnden Frau eben.

...

Nachdem ich mich, bis auf die pitschnassen Jeans, mit einem Taschentuch abgetrocknet hatte, zog ich ihr das Höschen wieder an. Monika war jetzt sichtlich erleichtert und vielleicht schämte sie sich auch ein wenig. Jedoch hatte ich den Eindruck, dass sie die eben erlebte Situation etwas anmachte, denn sie sagte noch: »Ich danke dir, das hast du toll gemacht. Ich hätte mir sonst mein Höschen voll nass gemacht!«

Wie Schade, da hätte ich auch gern mal zugeguckt. Im Nachhinein habe ich öfter über diese Situation nachgedacht und immer wieder fragte ich mich, warum sie mich eigentlich um Hilfe gebeten hatte. Sie hätte doch nur ihr weites Höschen zur Seite ziehen brauchen und dann hätte sie los strullen können, auch im Stehen. Steckte da etwa Taktik dahinter?

Jedenfalls konnte ich mich dann mit meinen nassen Jeans nicht mehr unter die Leute wagen.

Wir gingen umgehend zu meinem Auto, ich zog die nassen Hosen aus, in der Hoffnung, dass sie auf dem Rücksitz etwas trocknen würden und fuhr nach Hause.

Wenn jetzt beim Lesen der Eindruck entstanden ist, dass diese Beziehung sehr sexbetont war, ist das richtig. Den Eindruck hatte ich bei ihr auch. Monika suchte nur einen Mann, der es ihr richtig besorgen konnte. Ständig und bei jeder sich bietenden Gelegenheit. Das unterstreicht auch das folgende Erlebnis, welches ich mit Monika bei unserem letzten gemeinsamen Ausflug hatte.

Ich hatte mir schon lange einmal vorgenommen, eine Burg, einige Kilometer von meiner Heimatstadt entfernt, zu besuchen. Monika war wieder sofort einverstanden. Sie war immer mit allem einverstanden, besonders wenn es um Sex ging. Ich holte sie von zu Hause ab. Ihre Tochter war bei einer Freundin.

Ich spürte, dass Monika an diesem Tag sehr anhänglich war. Sie knutschte mich dermaßen intensiv und wild ab, so dass ich nicht anders konnte, als es ihr gleich auf dem Teppichboden wieder einmal so richtig zu besorgen. Ihre triefende Muschi verriet mir, dass sie es dringend brauchte. Es ging ziemlich toll zur Sache und nach diesem spontanen Akt fuhren wir dann auch gleich los.

Von der Burg war ich etwas enttäuscht. Ich hatte mir sie etwas anders vorgestellt. Auch kam sie mir etwas klein vor. Egal, jedenfalls habe ich sie mal gesehen.

An diesem Tag ahnte ich noch nicht, dass es unser letzter gemeinsamer Ausflug war. Zumal sich auf dem Rückweg noch Folgendes ereignete: Monika hatte wieder mal ein sehr kurzes Kleidchen an, so dass ich während der Fahrt ab und zu ihre Schenkel streichelte und mich auch mal unter ihr Höschen wagte. Sie machte es mir ja auch nicht schwer mit ihren weiten Slips. Da ich mich jedoch in der Hauptsache auf den Straßenverkehr konzentrieren musste, hatte ich wenig davon. Ich spürte aber, dass es ihr nicht unangenehm war und fragte sie schließlich: »Du hast wohl schon wieder Lust, du kleiner Nimmersatt?«

»Ja!«, hauchte sie nur.

»Wollen wir da vorn in dem Waldstück mal kurz anhalten?«, fragte ich und ahnte dabei bereits, was sie mir antworten würde.

»Na los!«

Gesagt, getan. Wir hielten also am Waldrand an, unmittelbar an einem Maisfeld, in welchem wir auch schnell Deckung suchten. Ich weiß nicht, ob Sie schon mal in einem Maisfeld eine Nummer geschoben haben. Bequem ist es ja nicht gerade, wenn man sich nicht auf den Boden legen will. Also machten wir es wieder im Stehen. Man gönnt sich ja sonst nichts. Monika beugte sich etwas nach vorn und versuchte, sich an den Maispflanzen festzuhalten.

Aber an Maispflanzen kann man sich gar nicht festhalten. Ich zog ihr schnell das Höschen runter, knöpfte meine Jeans auf und ließ sie fallen. Mein Schwanz hatte bereits die richtige Betriebsgröße erreicht und auch Monikas Muschi war ausreichend geschmiert. Geschickt dirigierte ich meinen Ständer von hinten in ihre spärlich behaarte Öffnung. Monika seufzte kurz und konzentrierte sich aber in der Folgezeit eher darauf, nicht das Gleichgewicht zu verlieren.

Hoffentlich sieht uns hier keiner. So wie wir uns hier anstellen, dachte ich. Es war eine einzige Schaukelei. Monika fand einfach keinen richtigen Halt an den Pflanzen und knickte die eine oder andere Pflanze einfach um. Also war ich bestrebt, die Sache nicht weiter auszudehnen. Abbrechen wollte ich die Aktion jedoch nicht, dazu war ich zu aufgewühlt. Nach einigen einfühlsamen Bewegungen kam ich dann auch schon zum Höhepunkt. Wie gewohnt wischte sie sich wieder mit einem Papiertaschentuch ab und wir begaben uns ins Auto und ich fuhr Monika nach Hause.

Danach ging die Beziehung mit der nymphomanen Monika aus belanglosen Gründen auseinander und wir sahen uns nie wieder. Jedoch habe ich Monika und unsere gemeinsamen skurrilen und manchmal auch etwas peinliche Erlebnisse bis heute nicht vergessen.

6. Unvergessliche Intimrasur

Kathi und Eric

Vor einer Woche habe ich mich endlich dazu durchringen können, meine Schamhaare abzurasieren. Vor allem jetzt im Sommer, wo man öfter mal an den Badesee fährt, kommt sich die schambehaarte Frau zwischen den vielen blank rasierten Kätzchen irgendwie antiquiert vor. Heimlich ausgelacht wird man und hinter vorgehaltener Hand als Hippie betitelt.

Unter den Armen rasiere ich mich schon längere Zeit. Es hat mich schon immer gestört, wenn bei einer sommerlich gekleideten Frau die buschigen Haare an den Achselhöhlen hervor lugen. Das erinnert mich immer an das Video von Nena, als sie in den frühen achtziger Jahren »99 Luftballons« sang.

Komisch, dass sich alle immer gleich an Nena erinnern. Mir ist das, ehrlich gesagt, damals gar nicht so aufgefallen. Da hat sich keiner daran gestört, hat vielleicht auch keiner so hingeschaut. Ich finde es echt doof, wenn man sich jetzt so lustig über unrasierte Achselhaare macht. Achsel- und Schamhaare sind das letzte Überbleibsel, was uns an unsere Abstammung vom Affen erinnert. Manche unserer Zeitgenossen wollen anscheinend partout nicht an ihre Abstammung erinnert werden, obwohl es in den meisten Fällen jedoch ganz offensichtlich und nicht zu leugnen ist. Ein Affe trägt jedoch seinen Haarschmuck mit Stolz und Würde.

Entschuldigung, ich habe mich ja noch gar nicht vorgestellt. Ich bin die Kathi, vierzig Jahre alt und habe halblange brünette Haare.

Ich hätte mich ja schon längst da unten herum rasiert, denn eine unbehaarte Muschi ist schließlich viel hygienischer. Von den Schamhaaren geht, ob man es will oder nicht, immer ein gewisser animalischer Duft aus. Mag sein, dass dieses strenge Aroma viele Männer antörnt, vielleicht auch meinen Eric. Doch mein Mann war bislang immer strikt dagegen. Er liebt meinen Busch über alles. Liebend gern spielte er mit den schwarzen Löckchen meines Pelzes. Also habe ich meinem Mann zuliebe bisher darauf verzichtet.

Ich habe es heimlich getan, ohne meinen Mann vorher davon in Kenntnis zu setzen. Ich wollte ihn damit überraschen. Er hätte mir mein Vorhaben mit Sicherheit wieder ausgeredet. Eric hätte bestimmt gesagt: »Was, du mit deinen vierzig Jahren brauchst doch nicht die jungen Gören nachäffen. Die rasieren sich doch nur, weil es andere auch machen. Irgendjemand, vielleicht so ein Künstler, wie die Britney Spears oder die Madonna, hat mal damit angefangen, wie das immer der Fall ist und jetzt finden es alle schick oder cool oder so. Du brauchst nicht immer alles machen was andere tun. Du musst doch selbst eine Meinung haben. Bla, bla bla.«

Apropos Madonna, die hatte früher auch einen ganz schönen Pelz in der Schamgegend und Achselhaare hatte die. Ich habe da mal Aktfotos von ihr gesehen, in ihrem Buch. Mein lieber Schwan.

Viele sagen ja, und das sind sowohl Männer als auch Frauen, dass alle Frauen unten herum im Prinzip gleich aussehen würden. Kennst du eine, kennst du alle. Nein, das stimmt einfach nicht. Ich glaube, es ist so wie bei den Schneeflocken. (Der Vergleich hinkt zwar etwas, weil die Schneeflocken ja eiskalt und weiß sind.) Jede Schneeflocke sieht anders aus. Gibt es auch zirka hundert Millionen Billionen Schneeflocken, so gibt es aber keine zwei, die völlig gleich aussehen. So ist es auch bei den weiblichen Vaginen.

Das wäre übrigens mal eine wirklich interessante Aufgabe für die Wissenschaft. Aber so einen Wissenschaftszweig gibt es wohl noch nicht. Wie sollte er auch heißen, vielleicht Vaginologe oder so etwas in der Art? Eine echte Marktlücke. Aber wie würde wohl der Arbeitstag eines solchen Vaginologen aussehen? Bestellt er sich täglich hundert Frauen in sein Labor und macht einen sogenannten vaginologischen Fingerabdruck von ihnen? Ich glaube, wir belassen es mal an dieser Stelle dabei, sonst kommen wir zu sehr vom Thema ab.

Wo waren wir eigentlich stehen geblieben? Ach ja, bei meinem Mann. Jedenfalls habe ich es schließlich getan. Hätte ich jedoch vorher gewusst, was da alles auf mich zukommt, ich hätte lieber die Finger, beziehungsweise den Rasierer, davon gelassen.

Apropos Rasierer. Das fing schon beim Rasieren an. Beim Abschneiden der gröbsten Haare mit der Schere gab es noch keine Probleme, obwohl es manchmal ganz schön gezwickt hat und man unheimlich aufpassen musste, dass man sich nicht die Schamlippen verletzt. An einigen Stellen musste ich nämlich den Spiegel zu Hilfe nehmen, weil es den Menschen nun mal anatomisch nicht gegeben ist, sich die Poritze anzuschauen, ohne Hilfsmittel und ohne sich wie ein Schlangenmensch zu verrenken. Und am Po wachsen ja nun mal auch Haare.

Ich frage mich sowieso, was sich die Natur, bzw. die Evolution, dabei gedacht hat, ausgerechnet die Schamhaare nicht wegzurationalisieren. Alle anderen Haare, außer die auf dem Kopf haben sich schon vor ewig langer Zeit zurück gebildet. Ich sehe keinen triftigen Grund, außer, dass diese Haare vielleicht etwas verbergen sollen. Doch was sollen sie bei einem Mann verbergen? Den Sack sieht man und den Penis auch. Also was soll das? Und bei blonden Frauen wachsen sie teilweise dermaßen spärlich, dass man trotzdem die Schamlippen sieht, die sie doch eigentlich verbergen sollten.

Aber, was nützt es, sich darüber Gedanken zu machen? Es ist ja wenigstens schon ein großer Vorteil, dass Schamhaare eine bestimmte, in den Genen festgelegte, Länge nicht überschreiten. Das wäre ja noch schöner, wenn man alle vier Wochen zum Schamhaarfriseur rennen müsste. Ich denke jedoch, dass sich die meisten Menschen diese Haare selbst abschneiden würden. Wo wir wieder beim Thema sind.

Wie gesagt, vor dem Spiegel ist das gar nicht so einfach. Man sieht nämlich alles seitenverkehrt. Da muss man sich ganz schön konzentrieren und im Kopf wieder richtig herum drehen. Sonst schneidet man sich schnell mal ins eigene Fleisch, bzw. die Schamlippe. Und das schmerzt, kann ich Ihnen sagen. Das schmerzt fast so, als würde man sich selbst ein Intimpiercing setzen. Nein, von Piercings halte ich auch nichts. Finde ich pervers. Soll ja auch gar nicht mal so ungefährlich sein, habe ich kürzlich in der Zeitung gelesen. Das kann sich auch leicht entzünden und unter Umständen kann es sich sogar negativ auf die Libido auswirken. Das hätte mir gerade noch gefehlt, keine Libido mehr. Wo ich so gern, Sie wissen schon was.

Nachdem ich mit dem Abschneiden der langen Haare fertig war, musste ich erst einmal meine blutende Schamlippe behandeln. Die linke war's, nein die rechte, ich schaute ja in den Spiegel. Da hatte ich schon wieder eine Schnapsidee. Ich erinnerte mich, dass mein Mann nach dem Rasieren immer Rasierwasser zur Desinfektion nahm. Das wollte ich auch tun. – Himmel, Arsch und Zwirn hat das gebrannt. Ich bin mit schmerzverzerrtem Gesicht minutenlang schreiend in der ganzen Wohnung herumgehüpft und habe dieses verdammte Rasierwasser verwünscht. Holla die Waldfee, war das ein Schmerz.

Nach zehn Minuten kam dann die Blutung endlich zu Ruhe und ich konnte mit dem eigentlichen Rasieren beginnen. Wieder ging ich in den Schrank meines Mannes und nahm die Spraydose mit dem Rasierschaum, schüttelte sie kräftig und sprühte mir die Sahne auf meine Muschi. Dann nahm ich Erics Nassrasierer und fing an.

Leichter gesagt als getan. Da ging anfangs kaum etwas ab. Ständig war die Klinge verklebt und ich musste sie unter fließendem Wasser säubern. War das eine mühsame Arbeit. Und schmerzhaft war sie auch schon wieder. Unzählige Male habe ich mich geschnitten. Am liebsten hätte ich mittendrin das Handtuch geworfen. Das ging aber nicht. Da saß ich ja selbst drauf.

Über eine Stunde dauerte diese Selbstgeißelung. Diesmal verzichtete ich jedoch auf die Folter mit dem Rasierwasser und wartete mit weit gespreizten Beinen ab, bis auch die letzte kleine Blutung zur Ruhe kam. Wenn in diesem Augenblick jemand unverhofft zur Tür hereingekommen wäre. Ich breitbeinig und unten rum nackt auf dem Sofa, überall Blut. Was der wohl gedacht hätte?

Nach einer halben Stunde beschloss ich, die Prozedur zu beenden und ging erst einmal duschen. Danach stellte ich mich erneut vor den Spiegel und betrachtete das Ergebnis meiner stundenlangen Tortur. Anfangs fand ich es ziemlich erschreckend. Ich hatte mich ja noch nie vorher so gesehen. Wenn ich es nicht selbst genau wüsste, ich hätte meine Muschi nie und nimmer wiedererkannt. So nackt und fleischig und dann dieser perverse Spalt in der Mitte. Und das soll meinem Eric gefallen?

Ich hasste plötzlich, was ich getan hatte. Doch es blieb mir wenig Zeit zum Hassen, ich musste gleich auf Arbeit. Ich hatte an diesem Tag Spätschicht und den ganzen Morgen mit dieser blöden Intimrasur vertrödelt. Jetzt musste ich mich ganz schön beeilen. Ich zog mich schnell an und radelte los. Ich hatte es nicht weit bis in unseren Schuhladen, so konnte ich im Sommer bei schönem Wetter immer das Fahrrad benutzen.

Gut gelaunt setzte ich mich auf meinen Drahtesel. Doch bereits nach wenigen Metern fing meine frisch rasierte Muschi mächtig an zu jucken. Irgendwie fand ich auch, dass mein

Höschen das Ganze noch verstärkte. Heute weiß ich natürlich, dass man durch anschließendes Eincremen diesen fast unerträglichen Juckreiz erheblich lindern kann.

Immer, wenn ich glaubte, mich unbeobachtet zu fühlen, fuhr ich mit meiner linken Hand unter mein Kleid und verschaffte mir durch intensives Kratzen an meinen äußeren Schamlippen und an meinem Venushügel für kurze Zeit etwas Linderung. Ich nahm absichtlich meine linke Hand, da ich meine Kolleginnen stets mit Handschlag begrüße. Und wenn die rechte Hand dann so verdächtig nach Muschi riechen würde, wäre mir das verdammt peinlich. Eigentlich dürfte das ja nicht sein, da ich mich ja vor ein paar Minuten gründlich geduscht und eingeseift habe. Doch bei dieser Hitze fängt man da unten schnell an zu muffeln.

Wenn ich mich, aufgrund der vielen Passanten auf der Straße, einmal längere Zeit nicht an der Muschi kratzen konnte, presste ich sie ganz fest in den Sattel. Durch die Vibrationen, die sich vom Boden auf den Sattel übertrugen, wurde jedoch meine Klitoris auf sehr angenehme Weise stimuliert. Mein Körper wurde dadurch derart erhitzt, dass ich mich kaum noch auf das Radfahren konzentrieren konnte.

Ich bewegte mich wie in Trance. Das Jucken meiner äußeren Schamlippen wurde bei jedem Tritt in die Pedalen intensiver. Ich hielt es keine Sekunde länger aus. Wieder nahm ich meine linke Hand und kratzte mich an meiner Muschi. Diesmal ging ich sogar noch einen Schritt weiter. Mit dem Mittelfinger tauchte ich in meine nunmehr feuchte Öffnung. Ich hielt an, wollte mich nicht in Gefahr bringen. Aber meine Hand verschaffte mir nur für kurze Zeit etwas Linderung. Sobald ich meine Fahrt wieder aufnahm, fing das Jucken erneut an.

Jetzt rutschte ich auf meinem Sattel auf und ab. Einerseits ließ dadurch das Jucken etwas nach, doch andererseits benutzte ich den Sattel gleichzeitig als Stimulator. Ich spürte, wie mein Höschen von Sekunde zu Sekunde feuchter wurde und ich unaufhaltsam einem Orgasmus zusteuerte.

Wenige Meter, bevor ich am Schuhladen ankam, erlebte ich einen göttlichen Höhepunkt, welcher meinen ganzen Körper von Kopf bis Fuß durchzuckte und ich beinah vom Rad gefallen wäre. Zunächst verkrampften meine Beine dergestalt, dass ich kaum mehr in die Pedalen treten konnte. Danach kam schließlich die ersehnte und lustvolle Entspannung. Sie ging einher mit schier endlosen rhythmischen Zuckungen in meiner Muschi. Ich spürte, wie meine Muschi plötzlich klitschnass wurde. Ich hatte zwar einen Orgasmus, doch das Jucken war immer noch da.

Doch ich hatte wenig Zeit, dieses wunderbare Gefühl zu genießen, ich musste zur Schicht. Aber was sollte ich mit dem nassen Slip machen. Kurzerhand beschloss ich, das nasse Höschen unbemerkt auszuziehen und es in meiner Handtasche zu verstauen. Das wiederum reduzierte etwas den Juckreiz, da die permanente Reibung des Höschens fehlte.

Sie glauben nicht, was ich in den kommenden Stunden noch alles durchmachen musste. Nun stand ich ja in der Öffentlichkeit, mitten im Geschäft. Da konnte ich mir nicht einfach mal so unter das Kleid fassen und mir an der Muschi kraulen. Was hätten die Kunden von mir gedacht? Und wie das wieder juckte.

Ich glaube, dass die Kunden mir auch ansahen, dass mit mir etwas nicht stimmte. Manchmal verdrehte ich die Augen, so als ob ich von einem Höhepunkt in den nächsten stolperte. Am einfachsten war es, wenn ich an der Kasse stand und abkassierte oder die Schuhe einpackte. Dann presste ich unauffällig meinen Unterleib an den Tisch und rieb meine juckende Muschi daran. Das verschaffte mir für einige Sekunden Erleichterung. Auch muss meiner Kollegin aufgefallen sein, dass ich aller Nase lang auf die Toilette rannte.

Das peinlichste Erlebnis hatte ich wohl als ich einen Kunden beriet. Er bat mich darum, ihm zu sagen, ob denn der Schuh die richtige Größe hatte. Ohne daran zu denken, dass ich ja an diesem Tag kein Höschen anhatte, kauerte ich mich vor ihm hin und fühlte mit dem Daumen den Zeh des Kunden im Schuh. Plötzlich traf es mich wie, wie ein Blitz, ich wurde hochrot und schaute den Kunden an. Er hatte es bereits mitbekommen. Seine Augen hatte er starr zwischen meine entblößten Schenkel gerichtet. Schnell richtete ich mich wieder auf und stammelte: »Hab's verschlafen heute. Konnte mich nicht mal richtig anziehen.«

Der Mann, der einiges älter als ich war, sagte: »Ja, ja. Der Stress heute macht einem ganz schön zu schaffen. Da kommt man manchmal ganz schön durcheinander. Ich habe heute Morgen auch vergessen, meine Herztropfen zu nehmen. Ich muss aufpassen, dass ich mich heute nicht zu sehr aufrege.«

Das ist ja noch mal gut gegangen. Beinahe wäre ich noch Schuld am plötzlichen Herztod eines älteren Mannes geworden. Und das alles nur, weil ich heute Morgen meine Schamhaare abrasiert habe.

Von nun an passte ich auf, dass ich mich nicht mehr bückte oder kauerte, um allen Unannehmlichkeiten aus dem Weg zu gehen. Doch der ständige Juckreiz ließ kein bisschen nach. Jede erdenkliche Gelegenheit nutzte ich, um meine juckende Schamgegend an irgendwelchen Gegenständen zu reiben. Manchmal war es einfach nur der leere Schuhkarton, den ich unauffällig an meinen Unterleib presste als ich vor einem Kunden stand. Ein anderes Mal war es der zweite Schuh, den ich mir zwischen die Beine klemmte, während ich den anderen dem Kunden zum Anziehen gab. Das waren wieder einige Sekunden Linderung. Schließlich kam mir die rettende Idee: Ich schnappte mir unauffällig eine Tube Schuhcreme und ging schon wieder auf die Toilette. Meine Kollegin schaute mich fragend an und ich sagte nur: »Novo-Virus!«

»Steck mich ja nicht an!«, hörte ich sie mir noch hinterherrufen.

Eilig schraubte ich die Tube auf und mit Entsetzen stellte ich fest, dass ich die schwarze Creme erwischt hatte. Muss wohl falsch gelegen haben. Mir war jetzt alles egal. Ich drückte zwei bis drei Zentimeter heraus und schmierte damit den ganzen Bereich um meine juckende Muschi ein. Was für ein tolles Gefühl. Nie hätte ich gedacht, dass mir Schuhcreme einmal so viel Erleichterung verschaffen könnte. Anschließend wusch ich meine Hände.

Doch ich hatte Mühe, meine Hände wieder sauber zu bekommen. Deutlich sah man die Reste der schwarzen Creme an meiner Hand. Egal, das Jucken war erst einmal weg. Nun musste ich nur noch den Rest des Tages meine rechte Hand vor meiner Kollegin verstecken. Das gelang mir ganz gut und ich war froh, als endlich Feierabend war. Ich stieg auf mein Rad und fuhr schnell nach Hause.

Mein Mann saß auf der Couch und schaute Fußball.

»Hallo Schatz, ich muss mal ganz dringend«, rief ich ihm ins Wohnzimmer und verschwand für längere Zeit ins Bad. Mein Kleid war natürlich versaut und meine Muschi sah vielleicht aus, als ich sie mir zum ersten Mal im Spiegel ansah. Da quält man sich nun stundenlang, um die schwarzen Haare abzubekommen und am Ende sieht sie aus, als ob man nie rasiert hätte, schwarz wie die Nacht.

Ich versuchte erst einmal das Gröbste abzuwaschen, den Rest wollte ich mir am Morgen des nächsten Tages vornehmen. Bis Samstag war ja noch genug Zeit, wo ich morgens mit Eric immer meinen ehelichen Pflichten nachkommen muss. Da hatte ich genügend Zeit, das Zeug wieder loszuwerden.

Das Jucken ließ Gott sei Dank mit der Zeit nach, der Samstag kam und ich war gespannt, auf Erics Erektion, eh ich meine Reaktion. Morgens um neun Uhr kam er unter meine Bettdecke gekrochen und streichelte meine Brüste. Dann wanderten seine Hände nach unten und suchten meine Schamhaare.

»Was hast du denn gemacht? Hast du dich etwa rasiert? Warum das denn?«, rief er erschrocken und ich sah, dass seine Erektion mit einem Mal dahin war. Hab ich mir es doch gleich gedacht. Ich ahnte, dass dieser Samstagmorgen wohl ein unbefriedigendes Ende für mich nehmen würde. Doch weit gefehlt. Eric und sein bestes Stück erholten sich recht schnell wieder von diesem morgendlichen Schock. Hastig kniete er sich vor mich und wie ein

Hund begann er mein nacktes Fleisch zu beschnuppern und abzulecken.

»Gefällt es dir etwa doch?«, fragte ich ihn.

»Zumindest ist es erst einmal etwas anderes, etwas Neues und Interessantes. So kenne ich dich ja noch gar nicht.«

»Du wirst dich schon noch daran gewöhnen. Ich wollte es auch einmal ausprobieren, wie sich eine rasierte Muschi so anfühlt.«

»Ach deshalb. Denkst du, du bist jetzt wieder achtzehn?«, fragte Eric mit einem Lächeln auf den Lippen.

»Natürlich! du siehst doch, wie anziehend ich auf einmal für dich bin, mein wilder Stier.«

Eric gewöhnte sich recht schnell an meinen nackten unbehaarten Schoß. Meinen Busch vermisst er jedenfalls nicht mehr. Aber das kann sich ja wieder mal ändern.

7. Blondie, Gans und Katzenklo

Holger und Blondie

Die folgende Geschichte ist eine von meinen mehreren krampfhaften Versuchen, wieder eine feste Partnerin kennenzulernen, nachdem sich meine Frau überraschend von mir getrennt hatte. Es war eine sehr verrückte Zeit und ich machte die Erfahrung, dass die meisten alleinstehenden Frauen, die ich damals kennenlernte, etwas sonderbar waren. Was ich jedoch keinesfalls verallgemeinern möchte. Die meisten meiner vielen Balzversuche waren relativ peinlich.

So auch der Versuch bei Blondie. Ich lernte sie über eine Kontaktanzeige in der Zeitung kennen und hatte bereits mehrere Male ausführlich mit ihr telefoniert. Dabei wirkte sie eigentlich ganz sympathisch, natürlich und unkompliziert. Deshalb war ich sehr gespannt und freute mich riesig auf unser erstes Date in meinem Stamm-Restaurant, wo ich meine Anzeigenbekanntschaften damals immer hinführte.

Blondie kam fast pünktlich zu unserem ersten Date. Und wie das nun mal so ist, wenn man sich das erste Mal begegnet: Der potentielle Partner oder die Partnerin wird erst einmal gemustert, von oben bis unten abgescannt. Das alles geschieht innerhalb von Sekunden. Vielleicht dauert es nicht einmal eine ganze Sekunde. In dieser kurzen Zeit weiß man eigentlich schon, ob man den Partner attraktiv findet oder nicht. Man hat ja so seine Vorstellungen und Wünsche. Obwohl ich normalerweise etwas längere Haare bei Frauen vorziehe, fand ich Blondie mit ihren kurzen blonden Haaren trotzdem sehr attraktiv. Irgendwie passten sie zu ihr, denn sie hatte eine sehr erfrischende Natur und war ausgesprochen temperamentvoll.

Blondie war nicht schlank, da war schon etwas zum Anfassen da, an den Hüften. Dick war sie aber wiederum auch nicht. Irgendetwas hatte Blondie an sich, was damals sehr anziehend auf mich wirkte. War es ihre sympathische Aura, ihr niedliches Lächeln oder einfach nur ihre nette Art?

Natürlich lud ich Blondie an diesem Abend zum Essen ein, wie alle meine Frauen, mit denen ich mich bisher getroffen hatte. Sie bestellte sich Gans mit Klößen, ausgerechnet das teuerste Gericht, was auf der Karte stand. Naja egal, vielleicht rechnet sich diese Investition ja diesmal, dachte ich vorsichtig optimistisch und sie ist nicht so eine dumme Gans, wie die auf dem Teller.

Bei ihrer Bluse hatte sie dem Anschein nach einen Knopf vergessen zuzumachen. Ich konnte fast bis zu ihren Brustwarzen schauen, zumal sie bei diesen hochsommerlichen Temperaturen auf einen BH verzichtete. Ich überlegte die ganze Zeit, ob ich sie dezent darauf aufmerksam machen sollte und schaute mehrfach demonstrativ in ihren tiefen Ausschnitt. Stellte mir insgeheim vor, wie mein Kopf zwischen ihren weichen Titten kuschelt. Doch Blondie fühlte sich dadurch wohl noch aufreizender und ich assoziierte ihre Brüste mit den Klößen auf dem Teller und hoffte insgeheim, Blondie einmal nicht mit der Gans in Verbindung bringen zu müssen.

Im Großen und Ganzen hätte ich nicht gedacht, dass dieser Abend insgesamt so positiv verlaufen würde. Daran hatte Blondie ganz sicher einen sehr großen Anteil. Etwa drei Stunden hielten wir uns in diesem Restaurant auf. Die Zeit verging rasend schnell und wir waren uns schließlich beide einig, dass wir uns recht bald wiedersehen sollten.

Anschließend brachte ich Blondie mit meinem Wagen nach Hause. Vor ihrer Haustür saßen wir noch eine ganze Weile im Auto und quatschten über Gott und die Welt. Bis zum ersten Kuss dauerte es nicht lange. Das Ganze endete schließlich in einer wilden Knutscherei, bei der meine Hand auch schon mal vorwitzig auf Erkundung unter ihre Bluse ging und ihre weichen, aber nicht zu großen Brüste streichelte.

Blondie fragte mich, ob ich noch Zeit hätte und auf eine Tasse Kaffee mit nach oben kommen würde. Natürlich war mir klar, was sie in Wirklichkeit beabsichtigte. In Anbetracht der etwas fortgeschrittenen Stunde, es war bereits gegen 0:30 Uhr morgens, und meiner plötzlich aufkommenden Müdigkeit, ich war schon damals nicht mehr der Jüngste, lehnte ich aber freundlicherweise ab. Jedoch spürte ich, dass Blondie etwas enttäuscht war. Irgendwie hatte ich das Gefühl, dass sie an diesem Abend fest mit einem sexuellen Abenteuer gerechnet hatte.

Plötzlich kamen mir wieder die halboffene Bluse und der weggelassene BH in den Sinn. Es fiel mir aber nicht schwer, abzulehnen. Obwohl!? Aber ich war an diesem Abend tatsächlich viel zu müde und ich wollte unbedingt vermeiden, dass ich auf ihr, wie auf einem gemütlichen Sofa, einschlafe. Das hätte wohl keinen guten Eindruck gemacht. Es tat mir aber wirklich leid für sie. Aber ich schätzte Blondie so clever ein, dass ihr noch irgendeine Lösung für ihr Bedürfnis eingefallen sein wird. Für solche Notfälle haben Frauen doch immer etwas in ihrem Nachtschränkchen liegen.

Da ich am kommenden Montag wieder mal auf Dienstreise musste, verging eine ganze Woche bis zu unserem nächsten Wiedersehen am darauf folgenden Samstagabend. Blondie hatte sturmfrei, denn ihr achtjähriger Sohn war an diesem Wochenende bei seinem Vati. Ich war eigentlich froh darüber. So musste ich nicht den freundlichen Onkel spielen und ihm kiloweise die Kinderschokolade an den Kopf werfen.

Blondie lud mich in ihre kleine Wohnung ein, zu deren Bewohnern auch noch ein »niedliches« Kätzchen zählte. Irgendwie konnte ich es schon ahnen, was sie in Wahrheit vorhatte. Sie wollte diesmal Nägel mit Köpfen machen. Sofort nach meiner Ankunft holte sie eine große Flasche Wein aus dem Kühlschrank. Da ich kein Weinkenner bin, kann ich mich jetzt auch nicht mehr an die Marke erinnern. Jedenfalls war unschwer zu erkennen, dass es Rotwein war.

Blondie trank sehr hastig und nach kurzer Zeit machten wir da weiter, wo wir vor einer Woche im Auto aufhörten, nämlich bei der Knutscherei. Sie machte auf mich erneut den Eindruck, dass sie es sehr nötig hatte. Aber das ist vielleicht auch ganz normal für eine Frau im blühenden Alter von 30 Jahren. Schon bald meinte sie: »Wollen wir uns nicht lieber ins Bett legen, da ist es viel bequemer?«

Ich wollte ihr nicht widersprechen und stimmte zu. Ehe ich mich schlagen lasse.

Wir zogen uns rasch aus und begaben uns ins Bett, aus dem ich erst einmal das »niedliche« Kätzchen vertreiben musste. Gott sei Dank fand ich schnell einen griffbereiten Kleiderbügel, mit dem ich jedoch nur drohte.

Blondie entkleidete sich unterdessen im Bad, streifte sich aber wieder ein weißes T-Shirt über. Ich nehme an, sie schämte sich für ihre etwas mollige Figur. Ihre Brüste waren aber nicht sehr riesig (ich weiß, ich wiederhole mich), standen also in keinem proportionalen Verhältnis zu ihrem Restkörper.

Als ich am ersten Abend mit ihr Gans mit Klößen essen war, hätte ich mir eigentlich viel mehr von ihren Klößen, ich meine, Brüsten, versprochen. So der Hingucker waren sie nicht gerade. Aber das machte mir überhaupt nichts aus. Es wird gegessen, was auf den Tisch, beziehungsweise ins Bett, kommt. So haben mich meine Eltern nun mal erzogen.

Bei Blondie brauchte ich mich wenigstens nicht lange beim Vorspiel aufhalten. Sie wollte gleich zur Sache kommen, tat so, als ob sie es keine Sekunde länger aushielte. Blondie war zwar keine Claudia Schiffer, hatte aber eine anmachende Art an sich, die mich sehr erregte.

Zielsicher dirigierte sie meine Hände in ihre feuchte Mitte und Blondie machte sich mit einer Hand an meinem Penis zu schaffen. So dauerte es auch nicht lange, bis ich mir nichts, dir nichts auf ihr lag und wir uns beide gegenseitig das erste Mal zum Höhepunkt brachten. Eigentlich wollte ich das prickelnde Gefühl noch ein wenig länger hinauszögern, aber Blondies Temperament ließ mir keine andere Wahl.

Nach unserer ersten Nummer trabten wir wieder ins Wohnzimmer, um noch etwas Wein zu trinken. Das heißt, Blondie trank den Wein. Ich mache mir nichts aus Wein und Bier hatte sie nicht im Kühlschrank. Doch es vergingen kaum fünf Minuten und Blondie fiel erneut über mich her, wie eine ausgehungerte Wölfin.

Das zweite Mal liebten wir uns auf der Couch, das heißt ich kniete vor Blondie, auf dem Teppichboden, während sie ihre strammen Beine über meine Schulter legte. Nach einer Woche waren meine wund gescheuerten Knie aber schon wieder verheilt!

Blondie verstand es geschickt, ihren Scheidenmuskel zu bewegen, sodass ich immer das Gefühl hatte, mich in einer jungfräulichen Vagina zu verlustieren. Das fand ich natürlich ganz prima. Viele Frauen kennen diesen Muskel ja nicht einmal. Da quält man sich manchmal stundenlang ab und spürt selbst überhaupt nichts.

Und wie bringt man es denen bei, diesen Muskel zu bewegen? Da gucken die dich noch mit großen Kulleraugen fragend und verständnislos an und würden am liebsten den Publikumsjoker ziehen. Nur, wenn du dann noch was sagst, dann heißt es wieder: Ist doch nicht meine Schuld, wenn dein Schwanz so klein und dünn ist. Bla, bla, bla. Habe ich doch alles schon erlebt. Dabei ist es ja gerade das ganze Gegenteil. Was kann ich denn dafür, wenn die Frau so ein großes …, naja, lassen wir das Thema lieber. Ich möchte meine Geschichte ja nicht noch ins Perverse abgleiten lassen.

Heutzutage reagiere ich viel diplomatischer. Man wird eben älter, da schweigt man lieber. Ich denke dann an etwas anderes, etwa an enge Muschi oder so und irgendwann klappt es dann schon. Nur die Ruhe bewahren. Wenn du Glück hast, bekommt sie dein Problem mit und bläst dir schließlich einen.

Es sind aber bei weitem nicht alle Frauen so einsichtig. Manche ekeln sich ja dermaßen, Schwänze in den Mund zu nehmen. Habe ich doch auch alles schon erlebt. Mein Gott. Dann sollen sie doch als Lesben ihr Unwesen treiben und Muschis lecken. Mache ich doch auch und finde es nicht eklig. Lassen wir das. Da könnte man stundenlang darüber diskutieren. Das bringt doch alles nichts. Frauen sind eben eine ganz besondere und noch weitestgehend unerforschte Spezies. Ich glaube auch nicht, dass man jemals hinter die Geheimnisse und Verhaltensweisen der Frauen kommen wird. Für die Wissenschaftler ist es doch viel wichtiger, wie man Getreide genmanipulieren kann, damit das Brot nicht mehr schimmelt, oder so. Wer braucht sowas?

Nach dem Akt auf oder an der Couch beschlossen wir, nachdem mir Blondie zwei Pflaster für meine Knie gegeben hatte, uns wieder ins Bett zu begeben, da der Höhenunterschied zwischen Sofa und Fußboden doch etwas unbequem war. Ich rutschte ständig aus ihr raus und das ist ja auch nicht sehr angenehm, um nicht peinlich zu sagen. Die Uhr zeigte kurz nach Mitternacht und die zweite Literflasche Wein war auch schon leer.

Ehrlich gesagt, machte es aber großen Spaß mit Blondie zu kuscheln. Ihr Körper eignete sich ideal dazu. Meine Lieblingskuschelstellung war, mit meinem Kopf auf ihren weichen Brüsten zu liegen. Da wurde das eine Ohr immer so schön angesaugt. Leider konnte meine Lieblingskuschelstellung meist nicht sehr lange genießen. Blondie drehte mich meist nach kurzer Zeit einfach auf den Rücken und setzte sich dann auf mich, wobei sie mich noch lächelnd fragte: »Gefällt dir das so?«

Was sollte ich dazu sagen? Natürlich gefiel mir das, wenn ihre Brüste so ganz nah vor meinem Gesicht baumelten und ich sie kneten und an ihren Nippeln nuckeln konnte. Aber beim dritten Mal wird es in meinem Alter schon etwas komplizierter. Das kann man aber den Frauen nicht so direkt ins Gesicht sagen. Da muss man sich schon etwas einfallen lassen.

Irgendwie schaffte ich es aber doch noch und ich war über mich selbst erstaunt, über meine gute Kondition in dieser Nacht. Jetzt konnten wir endlich schlafen. Ja, schön wäre es gewesen. Wenn da nicht dieses blöde Katzenvieh gewesen wäre, das ständig auf unser Bett sprang und sich ans Fußende legte. Ich ekelte mich ja so. Schlafen konnte ich auch nicht, es war eher ein Halbschlaf oder ein dahinduseln.

Nach einer Stunde spürte ich schon wieder eine Hand unter meiner Bettdecke: »Schläfst du?«, hörte ich Blondie fragen.

Dummerweise rutschte mir in diesem Augenblick im Halbschlaf ein »Nein« heraus und schon hatte ich Blondie wieder auf mir sitzen. Jetzt fing sie auch noch an zu knutschen. Irgendwas musste da im Wein gewesen sein und ich ärgerte mich, keinen getrunken zu haben.

Als sie so auf mir saß und ich ihr T-Shirt nach oben schob und etwas gelangweilt ihre Brüste knetete, sagte ich so bei mir: *Los Alter, zeig mal der Blonden, wo der Holger sein Bier holt!*

Noch immer zappelte sie, wie von der Tarantel gestochen auf mir herum und ich konnte es nicht fassen, dass sich bei mir schon wieder etwas regte. Ich werde eben zu selten von so jungen Mädels gefordert. Das muss sich unbedingt ändern! Jetzt weiß ich auch, warum sich die alten Knacker immer so junge Häschen ins Haus holen. Da muss was Wahres dran sein.

Nach dieser Nummer war ich aber erst einmal restlos geschafft; zumindest für kurze Zeit.

Gegen 7:00 Uhr wurde ich wach und drehte mich zu Blondie um. Sie schlief auch nicht mehr, hatte ihre Augen geöffnet und ich sah wieder ihr forderndes geiles Lächeln. Ich musste aber mal dringend auf die Toilette.

Ich stand auf und ging ins Bad. Dort stand auch das Katzenklo. Es stank erbärmlich. Ekel, Ekel! Als ich wieder zurück ins Bett stieg, zog mich Blondie mit verlangenden Blicken erneut zu sich. Ich legte mich wie hypnotisiert, auf sie und sie öffnete etwas ihre Beine. Ich musste schon wieder ran. Es machte mir aber wirklich nichts aus. Im Gegenteil, es war ganz angenehm. Sie machte sich diesmal sogar noch enger als sonst, sodass ich sogar etwas dabei empfand. Das war das fünfte Mal.

Danach fragte sie mich, wie oft ich eigentlich so in einer Nacht könnte. Darauf meinte ich nur: »In guten Zeiten besorge ich es den Frauen fünfmal hintereinander ohne rauszuziehen!«, prahlte ich wie ein Macho.

Damit gab sie sich zufrieden. Diese Weiber glauben auch alles, was man ihnen erzählt.

Eigentlich war ich froh, dass die Nacht zu Ende war und ich endlich dieses Reich der Katze verlassen durfte. Blondie machte auch einen ganz befriedigten Eindruck. Das machte mich stolz und glücklich.

Nach dem Frühstück verabschiedeten wir uns liebevoll aber wortlos. Doch uns beiden war klar, dass es ein Wiedersehen nicht geben würde. Wir passten einfach nicht zusammen, jedoch eine dumme Gans würde ich sie nicht nennen.

8. Träume am Strand

Sonja, Volker, Dirk, Heiko, Julia und Max

Mittlerweile ist es bereits der fünfte Tag, an dem das Thermometer über 35 Grad im Schatten klettern soll. Und es ist noch lange kein Ende dieser Hitzeperiode abzusehen. Es scheint so, als ob ich in diesem Jahr ein glückliches Händchen bei der zeitlichen Wahl meines Urlaubes hatte. Die letzten Jahre hat es fast nur geregnet.

An solchen Tage kann man wirklich nur eins machen: Faul in der Sonne liegen und sich ab und zu im See abkühlen. Ich habe eine schöne kleine Bucht ausfindig gemacht, in der ich an den letzten Tagen frühmorgens stets alleine war. In der Regel füllt sich dort der Strand erst gegen Mittag langsam. Dann kommen die Mütter mit ihren neugeborenen Babys und, etwas später die Studenten, wenn sie endlich ausgeschlafen haben und die Vorlesung schwänzen.

Meist bin ich schon gegen acht Uhr in meinem kleinen Paradies. Dann ziehe ich mich splitternackt aus, lege mich auf meine Decke und dusele so vor mich hin. Um mich zu erfrischen, springe ich ab und zu ins Wasser und schwimme ein paar Minuten. Danach lasse ich mich von der Sonne trocknen. Dabei spüre ich, wie der, morgens noch kühle, Wind die zarte Haut meines Körpers sanft liebkost und wie sich am ganzen Körper Gänsehaut bildet, die meine Härchen wie zum Schutz vor Kälte aufrichten.

Ich schließe meine Augen und lasse die letzten beiden Jahre in Gedanken vorüberziehen. Vor genau zwei Jahren trennten sich mein Freund Oliver und ich und seitdem versuche ich meinem Singledasein ein Ende zu bereiten. Doch bisher leider vergebens.

Nicht, dass ich in dieser Zeit keinen Mann kennengelernt habe, nein, im Gegenteil, Männerbekanntschaften hatte ich genügend. Ohne gleich überheblich zu wirken, möchte ich behaupten, dass dies bei meinem Aussehen auch nicht schwer ist. Meine langen lockigen Haare, mein niedliches Gesicht und mein natürlicher Busen ziehen die Männer magisch an.

Doch was sind das für Männer? Ich suche einen Mann fürs Leben, um eine Familie zu gründen und keinen Dummschwätzer, keinen Macho, keinen Versager und auch keinen Tollpatsch. Und gerade diese Typen sind es, die ich bisher getroffen habe. Was mache ich nur falsch? Wie machen es andere Frauen? Ständig sehe ich glückliche Pärchen um mich herum und bin neidisch auf sie.

Langsam mache ich mir echt Gedanken, warum ich immer nur an die falschen Männer gerate. Und ich frage mich: Liegt es immer nur an den Männern oder bin ich etwa die Schuldige? Dass ich die Buhfrau bin, kann und will ich einfach nicht glauben.

Liebend gern träume ich am Strand den Traum von diesen Männern, mit denen ich bisher für einige Zeit zusammen war, schließe meine Augen und lasse sie der Reihe nach Revue passieren.

Da war ziemlich am Anfang Volker, der mich etwa vier Wochen nach der Trennung von Oliver in einer Eisbar ansprach. Irgendwie hatte ich mich gleich ein wenig in ihn verliebt. Mag sein, dass es daran lag, dass ich einige Wochen keinen richtigen Sex mehr hatte und hungrig danach war. Vielleicht lag es aber auch an Volkers Charme. Er hatte zwar keine Ahnung davon, sich ordentlich anzuziehen. Immer trug er diese Tennissocken, Jeans und ein ausgewaschenes T-Shirt. Aber er konnte mir Komplimente machen, dass ich unter seinen zarten Händen nur so dahin schmolz.

Und noch etwas konnte er professionell, wenn man dieses Wort verwenden kann. Er konnte mich lecken, dass mir Hören und Sehen verging. Ich weiß nicht, ob es an seiner rauen Zunge lag, die meinen Kitzler sofort in Verzückung versetzte, dass ich gleich mehrere Orgasmen nacheinander erlebte. Oder an dem Rhythmus, mit dem er seine Zunge bewegte und meine Säfte fließen ließ. Es war ein Traum, wenn ich daran denke. Und ich ertappe mich, wie ich in diesem Moment mit meinem Mittelfinger meine feuchte Spalte streichle.

Doch Lecken alleine macht auch nicht glücklich. Da braucht frau schon einen richtigen Schwanz. Und genau das war Volkers Problem. Als ich ihn damals zum ersten Mal am Strand nackt sah, schämte ich mich regelrecht für ihn. Und zwar vor den anderen Leuten. Wir kannten uns zu diesem Zeitpunkt erst wenige Tage und hatten noch keinen intimen Kontakt miteinander. Es war eine doofe Idee von mir gewesen, zusammen mit ihm an den FKK-Strand zu gehen. Ich schämte mich vor ihm und ließ sicherheitshalber meinen Bikini an. Volker machte es anscheinend nichts aus. Er zeigte sich ungeniert im Adamskostüm. Dabei war es eher er, der sich hätte schämen müssen. Zuerst glaubte ich, er hätte gar keinen Penis, doch dann sah ich dieses Rudiment und ich wollte schon fragen, welches Tier sich daran vergriffen hätte. Doch ich riss mich zusammen und wartete erst einmal ab. Ich habe gelesen, dass manche Penisse im Ernstfall über sich hinauswachsen sollen. Und das wollte ich so bald wie möglich austesten.

Am gleichen Tag noch lud ich Volker für den Abend zu einem Glas Wein zu mir nach Hause ein. Ich machte mich kurz frisch, zog mir ein kurzes und nahezu transparentes Kleidchen an. Natürlich ohne Höschen und BH und versuchte Volker so rasch wie möglich zu verführen.

Das gelang mir auch ganz gut. Schon nach einer halben Stunde saß ich ohne Kleid auf der Couch und Volker zog sich seine Hose aus. Irgendwie scheint das aber mit dem Hinauswachsen nicht ganz zu stimmen. Ich traute meinen Augen nicht. Sein erigierter Penis war auch nicht viel größer als im Normalzustand.

Volker bemühte sich zwar um ein erquickendes Vorspiel, er küsste und leckte mich am ganzen Körper. Am liebsten meine dürstende Spalte. Doch im hatte Hummeln, wollte so schnell wie möglich seinen Schwanz, wenn man ihn überhaupt so nennen durfte, in mir wissen, obwohl ich starke Zweifel hatte, ihn überhaupt zu spüren.

Ich dirigierte Volker geschickt von meiner Muschi hoch zu mir. Nun befand sich Volkers Schwanz zwischen meinen Beinen und ich sagte: »Komm doch endlich, möchtest du mich nicht nehmen?«

Endlich spürte ich etwas Weiches an meinem Eingang. Etwas Weiches? Eigentlich sollte es doch etwas Hartes sein. Es kitzelte und ich musste laut lachen. Ich war unheimlich geil und wartete sehnsüchtig auf Volkers Schwanz. Doch Volker bewegte sich immer nur auf und ab. Dann fragte er: »Spürst du was?«

Hey, was sollte ich denn spüren? Ich spürte überhaupt nichts. War er etwa schon drin? Das darf doch nicht wahr sein. Ich fragte: »*Was* soll spüren?«

»Na, gefällt es dir?«, fragte Volker.

»Es kitzelt. Steck ihn endlich rein!«, forderte ich ihn nachgiebig auf.

»Er, er, ... ist drin.«

»Wie drin?«, fragte ich erschrocken. Hab ich mir es nicht gleich gedacht?

»Mein - Schwanz - steckt - in - deiner - Muschi.«

»Bist du dir sicher?«

»Ja, bis zum Anschlag.«

Nein, so geht das nicht, dachte ich. Jetzt muss was passieren.

»Volker«, sagte ich. »Leg dich bitte auf den Rücken.«

Nachdem er sich auf den Rücken gelegt hatte, war ich neugierig darauf, wie sich wohl so ein Minischwanz im Mund anfühlte. Ich nahm seinen Schwanz in den Mund und ließ meine Zunge ein paar Mal um seine Eichel kreisen. Platz zum Kreisen war ja genügend da, er war ja nicht viel größer als ein Zahnstocher. Nach wenigen Kreisbewegungen kam er und ich ließ ihn in meinen Mund spritzen. Danach redete ich Tacheles mit ihm: »Volker, du bist ein lieber netter Mann. Du bist zärtlich und kannst teuflisch gut lecken, aber dein Schwanz, deinen Schwanz hat Gott nicht für meine Muschi erschaffen. Pass auf!«

Ich holte meinen goldenen Dildo aus dem Schlafzimmer und zeigte ihn Volker.

»Hier, damit kannst du mich jetzt und in aller Zukunft befriedigen. Aber mach hin! Ich halte es kaum noch aus.«

Ich bin schon wieder ganz feucht, wenn ich daran denke. Volker hat es mir anschließend nach Strich und Faden besorgt, mit meinem

Dildo. Aber lange hielt unsere Beziehung nicht, drei vier Wochen etwa. Mir fehlte einfach etwas, ein richtiger Schwanz.

In einer Buchhandlung sprach mich zwei Wochen später Dirk an. Groß, kräftig, blonde Haare.

Ich öffne kurz meine Augen. Ja, ich bin noch alleine am Strand, hier in dieser romantischen Bucht. Da kann ich auch mal meinen Dildo aus meiner Tasche holen. Es kann mich ja keiner sehen. Ach, tut das gut. Nein, ich stecke ihn erst einmal weg und gehe ins Wasser... Das war erfrischend.

Wo war ich eigentlich stehen geblieben? Ach ja, bei Dirk. Dirk war wieder das ganze Gegenteil. Etwas grob und ein Dummschwätzer. Aber einen großen Schwanz hatte der. Der konnte dreimal hintereinander, es war ein Traum mit ihm. Aber nur das Bumsen. Sein dummes Geschwätz versuchte ich anfangs zu tolerieren, doch auf die Dauer geht das eben nicht. Aber sein Schwanz.

Wo ist denn eigentlich mein »Goldhase«? Ich nehme ihn in den Mund um ihn etwas anzufeuchten. Dann führe ich ihn mir langsam ein. Ist das herrlich. Ich denke wieder an Dirk. Mehrmals am Tag taten wir es. Mindestens morgens und abends und auch schon mal zwischendurch, wann uns gerade danach war. Egal wo, ob im Auto, im Wald am Strand, in einer Umkleidekabine, oder abends in einem wenig beleuchteten Biergarten.

Es war eine schöne Zeit, wenn da nicht sein dummes Geschwätz wäre. In der Birne hatte er nicht viel, er tat immer nur so. Da half auch sein schwarzer Porsche nicht, mit dem er immer ganz stolz bei mir vorfuhr und bei den Nachbarn Aufsehen erregte. Bis heute weiß ich nicht, wo er das viele Geld für diesen Wagen her hatte.

Oh, mein Gott, mir kommt's. Ist das geil. Ich ziehe meinen »Hasen« raus und stecke meinen Mittelfinger in meine Spalte. Ich habe es gern, wenn ich die Zuckungen meiner Muschi mit meinen Fingern spüren kann.

In solch einer Situation muss ich immer an Heiko denken, diesen Tollpatsch. Ständig passierte dem etwas und ich musste darunter leiden. Ich denke da nur an unseren ersten Ausflug, oder besser gesagt an unser Badevergnügen. Wir kauften uns ein Schlauchboot und begaben uns damit auf den See. Wir zogen uns nackt aus und wollten es mitten auf dem See im Schlauchboot tun. Doch als wir gerade mitten drin waren, fühlte ich Wasser am Po. Wir san-ken- und das ziemlich schnell.

Verdammt, das hat mir gerade noch gefehlt. So ein Depp aber auch. Wie kann man denn auch mitten im Fick mit dem Fuß den Stöpsel rausziehen. Das kann doch im Normalfall gar nicht passieren. Damit könnte er glatt bei »Wetten dass?« auftreten. Und das, wo ich kurz vor einem Orgasmus stand. Jetzt musste Heiko alles ausbaden. Den ganzen Tag war ich gereizt und unausgeglichen. Erst am Abend lies ich es mir von Heiko dann richtig besorgen.

Ich spüre die letzten Zuckungen in meiner Spalte. War das schön. Das hat mir gefehlt. Ich atme tief ein und aus und öffne meine Augen. Oh, mein Gott, da steht ja jemand unmittelbar vor mir. Es sind zwei Personen, sie kichern. Ich erschrecke zutiefst, schaue zu ihnen hinauf. Es ist ein junger Mann und eine junge Frau, beide ausgesprochen hübsch.

»Ist mir das aber peinlich«, sagte ich.

»Mach dir nichts draus!«, beruhigte mich die junge Frau. »Ist mir auch schon mal passiert. Auch hier an dieser Stelle.«

»Ach ja, scheint ja ein frivoles Plätzchen zu sein«, bemerkte ich.

»Dürfen wir uns ein wenig zu dir legen?«

»Natürlich!«, antwortete ich, ohne etwas dabei zu denken.

Der junge Mann zog sich aus und legte sich zu meiner rechten und die junge Frau zu meiner linken. Immer noch hatte ich keine Ahnung, was die beiden von mir wollten. Erst als die junge Frau sagte: »Du hast schöne Brüste. Ich heiße übrigens Julia und mein Freund ist der Max.«

»Und ich bin Sonja, freut mich«, antwortete ich plötzlich mit einem etwas mulmigen Gefühl im Magen. Julia beugte sich langsam über mich, streichelte meine Brüste und gab mir einen Kuss auf den Mund. Gleichzeitig berührte mich Max an meiner Muschi. Ein Finger tauchte in meine nasse Spalte. Die beiden haben mich regelrecht überrumpelt. Ich konnte mich nicht mehr wehren und ließ alles über mich ergehen.

Leider war es mein letzter Urlaubstag in diesem Sommer und wir begegneten uns nie wieder.

9. Bedauernswerte Ehefrau

Viktoria und Martin

Lange schon hatte ich nicht mehr solch eine gute Laune, wie an jenem Abend. Im Player meines Corsa lief mein Lieblingslied von Andrea Berg und ich sang laut mit: »Du hast mich tausendmal belogen…«

Ich freute mich riesig auf diesen Abend, diesen lauwarmen Sommerabend. Es waren gerade mal zwei Wochen vergangen, als ich Martin kennengelernt habe. Ich bin ja der Meinung, dass es Zufall war. Doch angeblich soll es ja keine Zufälle geben, sagt man. Alles im Leben soll vorbestimmt sein. Na, ja, wer es glaubt. Ich glaube allerdings nicht dran. Im Gegenteil, ich bin der festen Ansicht, dass das gesamte Leben eine Aneinanderreihung von Zufällen ist.

Sei es, wie sei. Jedenfalls sprach mich Martin zufällig, jetzt sind wir wieder bei diesem Thema, im Kaufhaus an, in der Herrenabteilung. Ich schaue mich eigentlich gern mal in der Herrenabteilung um und habe auch schon das eine oder andere Mal etwas dort gekauft. Manchmal haben die Geschäfte bei den Herren einfach eine größere und bessere Auswahl.

Martin probierte gerade ein Sakko aus beigefarbenem Leinen an und fragte mich: »Entschuldigen Sie, junge Frau, ob mir das passt?«

Im ersten Moment, begriff ich gar nicht, dass er mich damit meinte, aber ich war die einzige Person in seiner Nähe. Ich drehte mich zu ihm um und sah als Erstes seine schönen himmelblauen Augen. Ich fühlte mich wie hypnotisiert, brachte im ersten Moment kein einziges Wort heraus, so fasziniert war ich von seinem Blick. Ich atmete einmal tief durch, schaute ihn von oben bis unten an und sagte noch etwas leicht irritiert: »Und ob, das passt hervorragend. Sie sehen blendend darin aus.«

Es passte tatsächlich wie angegossen. Martin machte darin einen sehr sportlichen Eindruck. Es unterstrich hervorragend seinen Typ. Einerseits wirkte er sportlich, andererseits wiederum schüchtern und zerbrechlich. Doch Martin hatte etwas an sich, etwas liebenswürdiges, eine sympathische Aura. Kurz, ich hatte mich sofort in Martin verliebt. So etwas ist mir in meinem ganzen Leben noch nicht vorgekommen.

»Danke! Ich habe nämlich beim Klamottenkauf immer kein so gutes Händchen.«

»Ich denke, da werden Sie wohl nicht der einzige Mann auf der Welt sein«, antwortete ich ihm mit einem Lächeln auf den Lippen.

Das waren unsere ersten Dialoge. Das Ganze setzte sich so fort, dass wir Minuten später gemeinsam in der Eisbar einen Kaffee tranken. Martin wollte mich unbedingt wiedersehen, ich ihn natürlich auch.

Außer seinen schönen blauen Augen und den Dingen, die eben angedeutet habe, reizte mich an ihm seine geheimnisvolle Art. Er erzählte kaum etwas über sich. Auch, als wir am darauffolgenden Sonntag einen kleinen Ausflug unternahmen, war kaum etwas aus ihm herauszubekommen. Aber gut küssen konnte er. Und ich war mir sicher, dass es beim nächsten Treff passieren würde. Er lud mich nämlich zu einem Abendessen in sein Haus ein. Soweit kurz die Vorgeschichte.

Auf den ersten Blick machte das Anwesen einen überwältigenden Eindruck auf mich. Sein Haus war riesengroß, viel zu groß für einen alleinstehenden Mann. Es lag etwas abseits der Stadt am Waldrand, von großen Nadelbäumen umgeben. Auf seinem Grundstück befanden sich ein Pool und ein großer Teich mit einer dekorativen Holzbrücke. Wie konnte sich ein alleinstehender Mann von Ende dreißig das alles schaffen? Wie und mit was verdiente er sein Geld? Und warum dieses große Haus? Fragen über Fragen.

Martin empfing mich sehr liebevoll und gastfreundlich. Der Esstisch war bereits gedeckt und es duftete nach einem leckeren Braten.

»Hallo Viktoria, hast du gut hergefunden, mein Schatz?«, fragte Martin.

»Mein Navi hat gut hergefunden.«

Martin reichte mir gleich einen Aperitif und sagte: »Auf unser Wohl!«

»Auf unser Wohl, dass es ein schöner Abend werde«, lächelte ich ihn verschmitzt an. Ich ahnte, dass dieser Abend etwas ganz Besonderes werden würde. Etwas, was ich in meinem ganzen Leben wohl nicht vergessen würde. Martin war an diesem Abend noch geheimnisvoller als sonst. Und ich war hin und hergerissen. Auf der einen Seite freute ich mich auf unsere erste Liebesnacht und andererseits, wusste ich nicht, was dieser undurchsichtige Martin mit mir vorhatte. Ich war erregt und ängstlich zugleich. Ich wollte endlich Aufklärung für sein merkwürdiges Verhalten.

Doch zunächst war Abendessen angesagt. Martin schien ein vorzüglicher Koch zu sein.

Jedenfalls schmeckten seine überbackenen Lammfilets mit Brokkoli hervorragend. Während des Essens schenkte Martin immer wieder mein Weinglas voll, sodass ich bereits nach kurzer Zeit einen kleinen Schwips hatte.

Nach dem Essen stand Martin auf, kam auf meine Seite des Tisches und kniete vor mir nieder. Dann streichelte er zärtlich meine Schenkel, welche von meinem kleinen Schwarzen kaum verdeckt wurden, und sagte: »Komm, bitte, ich möchte dir etwas zeigen!«

Ich wusste genau, was nun folgen würde und freute mich darauf. Der Wein und die ganze Atmosphäre hatten mich sinnlich erregt, sodass ich bereits die Feuchtigkeit in meinem dünnen Höschen spürte. Martin führte mich in sein Schlafgemach. Ja, so konnte man es bezeichnen. Ich kam mir plötzlich vor, wie eine Prinzessin. Mitten im Raum stand ein riesiges Himmelbett. Rosafarbene Stores hingen an den Seiten herunter.

Martin nahm mich in den Arm, drückte und küsste mich. Langsam öffnete er den Reißverschluss auf dem Rücken meines Kleides. Dann streifte er es über meine Schultern und es fiel auf dem Boden. Nur mit einem feuchten kleinen Höschen bekleidet stand ich plötzlich vor ihm. Zum ersten Mal konnte Martin mich nackt sehen.

Ein klein wenig schämte ich mich, doch ich wusste nicht für was. Meine Brüste sind voll und wohlgeformt, ich habe eine anziehende frauliche Figur, meine Beine sind schlank und meine Füße zierlich. Vielleicht schämte ich mich auch für meinen kleinen nassen Fleck auf meinem Höschen. Doch Martin konnte ihn doch eigentlich gar nicht sehen. Erst, wenn…

Und da passierte es auch schon. Martin ging in die Hocke und küsste die Mitte meines Höschens. Jetzt musste er es doch bemerkt haben? Hatte er etwa damit gerechnet? Mit beiden Händen streifte er langsam mein Höschen ab und ich stieg heraus. Dann zog auch er sich aus und dirigierte mich aufs Bett. Sein erigierter Schwanz stand schräg in die Höhe. Erwartungsvoll legte ich mich auf den Rücken und stellte meine Beine auf. Martin kniete sich vor das Bett und öffnete gefühlvoll meine Schenkel. Immer noch schämte ich mich und Martin schien es schon längst registriert zu haben.

»Du brauchst dich nicht zu schämen. Du bist so eine schöne Frau. Warte ich werde dir die Augen verbinden.«

»Was?«, fragte ich verängstigt. »Was hast du vor?«

»Ich werde dir die Augen verbinden. Dann siehst du mich nicht und brauchst dich auch nicht zu schämen. Ich werde dich verwöhnen, wie du es noch nicht erlebt hast.«

Martin holte ein schwarzes Tuch und ich ließ ihn machen. Durch das Tuch konnte ich nichts mehr sehen, dafür konzentrierte ich mich umso mehr auf meine Gefühle. Ich spürte, wie Martin mit beiden Händen die Schamlippen meiner Vagina teilte. Dann leckte er meine nasse Spalte mit seiner Zunge. Ich gab mich ganz meinen Gefühlen hin. Seine Zunge war plötzlich überall, sie liebkoste meinen Kitzler, drang tief ein zwischen meine Schamlippen und umkreiste meine Rosette.

Diesen Reizen konnte ich nicht lange widerstehen. Von der Sommerluft, die durch die weit geöffneten Fenster drang, getragen, entschwand ich langsam aus der Wirklichkeit, war jenseits von Raum und Zeit. Schlich mich allmählich in einen wunderbaren Traum. Ich fühlte mich nicht mehr von dieser Welt.

»Nimm deinen Finger! Steck ihn rein!«, hörte ich Martin fordern.

Ich gehorchte ihm, wie ein abgerichteter Hund.

»Nimm zwei Finger, fick dich! Ich möchte dich stöhnen hören!«

Ich führte zwei Finger in meine triefende Muschi ein. Wieder hatte ich einen geilen Höhepunkt. In diesem Moment dachte ich mit keiner Silbe daran, dass Martin mich dabei beobachtete, dass es etwa pervers aussehen könnte. Nein, ich gehorchte einfach. Und zwar aufs Wort.

Ich spürte etwas in meiner Hand, Martins Schwanz. Nein, es war nicht Martins Schwanz, denn Martin nahm einen meiner Füße in seinen Mund und schleckte meine Zehen ab. Es war ein Gummipenis. Ich überlegte nicht, wo er plötzlich herkam. Dazu war ich zu geil. Ich wollte ihn spüren, in meiner Spalte, sofort.

Ich steckte ihn rein, er war groß und dick, füllte meinen Schlund völlig aus. Wieder kam ich. Mein Saft lief in Strömen aus meiner heißen Spalte. Zu diesem Zeitpunkt hätte ich nicht gewusst, wer ich bin, nur was ich bin, geil. Ich räkelte mich im Bett hin und her, schrie laut, immer den Gummischwanz tief in mir drin. Auf einmal wurde es hell, die plötzliche Helligkeit blendete mich. Ich erschrak. Wo war ich?

Wo war Martin? Wer ist diese nackte Frau vor dem Bett? Ich nahm sofort den Gummischwanz aus meiner Muschi und noch etwas benebelt stand ich auf.

»Wer sind sie? Wo ist Martin!«

»Reg dich nicht auf, Kleines! Ich bin Martins Frau. Ich habe dich die ganze Zeit beobachtet. Du bist sehr schön.«

»Was soll das? Ich möchte auf der Stelle mit Martin sprechen.«

Da kam er auch schon zur Tür herein.

»Martin, kannst du mir bitte erklären, was das hier soll? Ich hole mir einen runter und deine Frau beobachtet mich dabei und spielt sich dabei an der Möse rum. Wie peinlich für mich. Wieso bist du eigentlich verheiratet? Du hast mich also die ganze Zeit belogen, du Schwein. Und ich bin auf dich hereingefallen. Lass mich gehen! Sofort!«

Ich nahm meine Sachen und wollte mich anziehen.

»Warte bitte! Ich kann das alles aufklären.«

»Nein, Martin. Da gibt es nichts zu erklären.«

»Warte, bitte! Gib mir doch wenigstens eine Chance!«

Weil ich auf seine Erklärung gespannt war, hielt ich plötzlich inne.

»Also gut. Erzähl!«

»Danke! Ich wusste, dass du ein guter Mensch bist. - Lydia, meine Frau, ist psychisch krank. Sie wurde vor zwei Jahren vergewaltigt und reagiert seitdem nicht mehr auf männliche Reize. Das Einzige, worauf sie abfährt, ist, wenn sie Frauen beim Masturbieren zusehen kann.

Anfangs reichten ihr noch Pornofilme, doch mittlerweile reagiert sie nur noch, wenn sie die Frau direkt vor sich sieht. Sie tut mir so leid. Wenn sie sich nicht befriedigen kann, ist sie nervös und gereizt. Also unternehme ich, ihr zuliebe, alles, um sie zufriedenzustellen. Kannst du das verstehen?«

So etwas habe ich auch noch nicht gehört. Einerseits war ich stinksauer auf Martin, andererseits tat er mir ja leid. Für eine Weile war Schweigen im Walde. Keiner traute sich etwas zu sagen. Bis ich schließlich den Anfang machte.

»Okay, Martin ich verzeih dir«, lenkte ich mitleidsvoll ein. »Und was machen wir mit diesem angebrochenem Abend?«

Martin konnte auf einmal wieder lachen.

»Du kannst uns einen großen Gefallen tun.«

»Und was für einen?«, fragte ich neugierig.

»Lydia fährt besonders darauf ab, wenn ich es mit einer anderen Frau mache. Bitte tu es mit mir! Du musst ihr nur dabei die Muschi lecken. Du wirst sehen, wie schnell sie dabei kommt.«

Das war plötzlich eine ganz neue Situation für mich. Ich hatte noch nie einer Frau die Muschi geleckt. Sollte ich das wirklich tun? Neugierig war ich ja. Wie würde sich das wohl bei einer anderen Frau anfühlen. Wie würde sie schmecken, riechen? Wie verhält sie sich bei einem Orgasmus.

Die Aussicht auf all diese Fragen eine baldige Antwort zu finden und meine Geilheit, die immer noch andauerte, überzeugten mich schließlich, etwas zu tun, was ich früher immer verabscheute. Ohne ein Wort zu sagen, zog ich mich wieder aus und legte mich aufs Bett. Martin und Lydia schauten sich an und lächelten. Ich konnte es kaum erwarten, meine Zunge in Lydias klaffende nasse Feige zu tauchen und winkte beide zu mir heran.

»Komm, Lydia, gib mir deine hungrige Möse!«

Lydia kauerte sich im Bett über mein Gesicht, den Kopf zur Wand gerichtet. Ihre glänzende Spalte platzierte sie nur wenige Zentimeter über meinen Mund. Sie war tropfnass und duftete etwas streng nach Moschus. Ich berührte sie zunächst zärtlich mit dem Zeigefinger meiner rechten Hand. Wie groß ihre Schamlippen waren und wie weich sie sich anfühlten.

Es war das erste Mal, dass ich die Schamlippen einer fremden Frau berührte. Im Nu stieg meine Erregung ins Unermessliche. Mit der linken Hand gab ich Martin recht eindeutig zu verstehen, doch endlich sein strammes Glied in meine Möse zu stecken. Diesmal gehorchte *er* mir aufs Wort. Sein Penis hatte die gleiche Größe, wie eben dieser Gummischwanz. Hat sein bestes Stück etwa als Modell gedient?

Geschickt steuerte er seinen Schwanz mit seiner ganzen Größe in meine dürstende Öffnung. Bei seinem ersten tiefen Stoß stöhnte ich laut und befriedigt auf. Während er sich mit der rechten Hand abstützte, knetete er mit der linken Lydias Brust.

Währenddessen zog ich mit beiden Händen Lydias Unterleib zu mir herunter, sodass ich mit meiner Zunge bequem ihr Geschlecht erreichen konnte. Ihr Kitzler hatte bereits die Größe eines Kirschkerns und ein erster Tropfen ihres Liebessaftes traf auf meine Lippen. Meine Zunge umkreiste vorsichtig ihre Knospe, die halb aus ihrer schützenden Hautfalte heraus schaute. Vorsichtig tauchte ich sie in ihre von ihrem Liebesschleim benetzte Spalte und bewegte sie in ihr auf und ab.

Lydia schnurrte, wie ein Kätzchen und ich fand mehr und mehr Gefallen an diesem lasziven Spiel. Die Bewegungen meiner Zunge wurden intensiver und schneller und Lydia Säfte flossen unaufhörlich. Als ich die Kontraktionen in ihrer Muschi wahrnahm, wusste ich, dass sie gekommen war. Trotzdem leckte ich weiter ihre empfindliche Möse, bis ich ebenfalls einen intensiven Höhepunkt erlebte.

Auch Martin konnte sich nun nicht mehr zurückhalten. Eilends zog er seinen Schwanz aus meiner Möse und spritzte auf meinen Bauch. Mit einer Hand verteilte ich sein Sperma auf meinem Bauch, als wäre es Sonnencreme.

Das war mein geilstes und zugleich aber auch peinlichstes Erlebnis, welches ich in meinem Leben hatte. Martin sah ich seitdem nie wieder.

10. Die Laus im Höschen

Yvette und Fred

Berufsbedingt ist Fred sehr viel in Deutschland unterwegs und daher unter der Woche selten zuhause. Er arbeitet als Netzwerkadministrator und installiert und wartet die Computernetzwerke der Kunden seiner Firma.

Ich brauchte sehr lange, um mich an diese Wochenendliebe zu gewöhnen. Eigentlich wollte ich mir diesen Stress ja gar nicht antun, wollte unser Verhältnis lieber beenden als fortsetzen. Doch Fred fand immer wieder ein überzeugendes Argument, mich an sich zu binden.

Jetzt, wo wir über zwei Jahre zusammen sind, habe ich mich daran gewöhnt und bin froh, dass ich Fred damals nicht verlassen habe. Im Sommer werden wir uns verloben und in eine gemeinsame Wohnung ziehen. Vielleicht werden dann schon im nächsten Jahr die Hochzeitsglocken läuten.

So eine Woche ohne Fred kann manchmal ganz schön lang werden. Besonders, wenn ich große Sehnsucht nach ihm habe. Sie wissen, wie ich das meine? Doch für derartige Notfälle habe ich ja etwas in meinem Nachttisch liegen. Dieses Teil hat mir sogar Fred geschenkt, zu unserem zweijährigen Jubiläum. Wenn ich mich daran erinnere, bekomme ich jetzt noch einen knallroten Kopf. Das war vielleicht eine peinliche Angelegenheit.

Fred hatte mich zum Abendessen in ein pikfeines Restaurant eingeladen. Er holte mich abends mit seinem Passat ab. Auf dem Rücksitz lag ein, noch eingewickelter, Blumenstrauß und daneben ein Päckchen. Das alles nahm er mit in das Restaurant.

Nachdem wir den Champagner serviert bekommen und angestoßen hatten, nahm er die Blumen in die Hand und fragte mich etwas schüchtern und unbeholfen, so wie ich ihn eigentlich gar nicht kenne, ob ich ihn heiraten wolle. Damit hätte ich an diesem Abend überhaupt nicht gerechnet und ich wusste gar nicht, was ich auf die Schnelle darauf antworten sollte.

»Wollen wir uns nicht erst einmal verloben?«, fragte ich schließlich, immer noch etwas überrascht.

Ich liebte Fred zwar über alles, aber so richtig fest binden wollte ich mich eigentlich noch nicht.

Fred machte ein enttäuschtes Gesicht. Sicher wäre es ihm lieber gewesen, wenn ich ihn mit einem strahlenden Lächeln um den Hals gefallen wäre. Zu guter Letzt einigten wir uns darauf, uns in diesem Jahr, und zwar genau am 19.09.2019 zu verloben. Endlich lächelte Fred wieder. Er war froh, dass wir diesen Kompromiss gefunden hatten. Lässt er doch die Option mit dem Heiraten offen und im Bereich des Möglichen.

Nachdem wir uns noch einen Schmatz gaben, überreichte er mir einen kleinen Karton mit den Worten: »Hier, mein Schatz, damit Du meine häufigen Dienstreisen besser überstehst.«

Ich nahm mit großen fragenden Augen das Päckchen in die Hand und hatte nicht die leiseste Ahnung, was er mit dieser Bemerkung meinte, geschweige denn, was in dem Päckchen sein könnte. Es war etwa 30 Zentimeter lang und geschätzte 10 Zentimeter breit und tief. Die rote Schleife war professionell gebunden. Daraus schloss ich, dass Fred diesen Gegenstand, oder was auch immer, von einem Profi verpacken lassen hat. Zuerst kam mir Douglas in den Sinn und sofort wurde ich etwas eifersüchtig. Ich stellte mir vor, wie Heidi Klum, nur mit einem transparenten Negligé bekleidet, an der Kasse steht und für die geilen Männer das Parfüm verpackt.

Aber ein Parfüm, was 30 Zentimeter lang ist, das würde Fred nie und nimmer kaufen. Das würde ja ein Vermögen kosten. Da ist Fred viel zu geizig. Der mosert ja schon rum, wenn ich einmal im Monat ins Nagelstudio gehe und mir neue Abziehbilder auf die Fingernägel kleben lasse, wie er immer so schön sagt.

In letzter Zeit sage ich ihm das schon gar nicht mehr, wenn ich zu Petra ins Studio gehe. Kriegt der eh nicht mit. Der hat noch nicht einmal gesagt, deine Fingernägel sehen aber toll aus. Das scheint den gar nicht zu interessieren. Meine Fußnägel da schon eher. Die nimmt der schon mal gern in den Mund, wenn wir zusammen schlafen. Da scheint ihn der rote Nagellack richtig geil zu machen. Da geht er ab, wie Schmidts Katze. Naja, Männer eben. Die setzen andere Prioritäten.

Ich öffnete langsam die rote Schleife und fragte: »Wer hat denn das so schön verpackt?«

Fred lächelte und zuckte mit den Schultern: »Das wirst du gleich sehen, Yvette. Sei bitte vorsichtig, wenn du das Päckchen öffnest!«

»Warum? Springt mich da was an?«

»Kann schon sein.«

Ich wickelte das Päckchen vorsichtig aus dem Papier, hielt den Karton hoch und wollte ihn oben öffnen. Doch plötzlich rutschte mir der gesamte Inhalt unten heraus und fiel polternd auf den Gang. Ich erschrak mächtig, schaute sofort Fred an, hielt meine rechte Hand vor den Mund und lächelte. Wie tollpatschig von mir. Doch Fred verzog keine Miene und schielte nur auf den Boden. Dann bemerkte ich, wie die anderen Gäste alle auf den Boden schauten und so seltsam kicherten. Warum kichern die denn alle so? Das kann doch mal passieren, dass einem etwas runterfällt.

Das alles geschah in Bruchteilen von Sekunden und noch bevor ich auf den Boden sah. Denn der Gegenstand fiel direkt neben unseren Tisch und ich konnte ihn nur sehen, wenn ich mich herunter beugte. Langsam wurde ich stutzig. Was glotzen denn die alle so? Ist denen denn noch nie etwas runter gefallen? Ich lachte sie alle an und winkte auffällig, dann beugte ich mich langsam nach unten, um diesen Gegenstand aufzuheben.

Oh, mein Gott. Am liebsten wäre ich da unten geblieben, so peinlich war mir es plötzlich. Nach Möglichkeit hätte ich so getan, als ob mir dieser Gegenstand gar nicht gehörte. Doch das ging nun nicht mehr. Ich musste ihn aufheben. Sämtliche Augen des Restaurants starrten auf mich. Sogar von den anderen Tischen kamen sie herbeigeeilt, auch sämtliche Kellner und Köche. Alle standen im Halbkreis um unseren Tisch herum. Alle warteten gespannt darauf, dass ich ihn endlich in die Hand nehmen würde, diesen großen fleischfarbenen Gummischwanz.

Ja, Fred hatte mir einen Gummischwanz geschenkt, der jetzt in diesem noblen Restaurant neben meinem Tisch lag: Großer Schwanz mit großen Hoden. Nun konnte ich nicht mehr leugnen, dass er mir gehörte, zwar erst seit einigen Sekunden, die mir wie Stunden vorkamen, aber immerhin. Was sollten die Gäste nur von mir denken? Mein Kopf glühte, wie Feuer. Wie peinlich.

Man kann dies ja auf zweierlei Art deuten: Entweder bin ich mit Freds »gutem Stück« unzufrieden oder ich bin eine notgeile Schlampe. Ich wusste in diesem Augenblick nicht, bei welcher Version ich besser wegkommen würde.

Ich nahm eilig den Gummischwanz und steckte ihn umgehend wieder in die Tüte. Dann schaute ich mit hochrotem Kopf zu den anderen schadenfrohen Gästen, lächelte und sagte: »Unsere neue Kollektion. Seit heute auf dem Markt. Wir stoßen gerade darauf an. Möchten Sie einen für Ihre Frau kaufen? Oder können Sie es ihr noch selbst besorgen?«

Das war's dann. Mit dieser Reaktion hätte wohl keiner gerechnet. Sofort schauten alle wieder weg und Fred und ich atmeten auf.

»Danke! Das hast du ja prima gelöst«, sagte Fred zu mir und lächelte.

Immer, wenn ich mit dem »Dicken«, so wie ich ihn später taufte, masturbiere, muss ich an diese peinliche Szene in diesem Restaurant denken. Und ich bin froh, dass das damals alles so passiert ist. Jedes Mal macht mich das richtig an.

Das war aber nicht die einzige peinliche Situation, die ich mit Fred erlebte. Die andere lag schon etwas länger zurück. Aber wir müssen heute noch mächtig darüber lachen.

Fred kam eines Freitagabends von einer Dienstreise zurück. Schon Stunden vorher konnte ich kaum noch einen klaren Gedanken fassen. Mein Fötzchen kribbelte und ich war nass, als hätte ich mir ins Höschen gemacht. Am liebsten hätte ich mich vorher schon mit dem »Dicken« vergnügt, doch ich hielt durch, wollte meine ganze Geilheit für Fred aufheben. Als Fred dann endlich kam, fielen wir uns sofort in die Arme und rissen uns die Kleider vom Leib. Freds Schwanz war sofort betriebsbereit und auch meine Möse dürstete gierig danach, genommen zu werden.

Spät am Abend musste Fred wieder nach Hause fahren, da er frühmorgens noch einen wichtigen Termin hatte. Nachmittags kam er dann wieder, zum Kaffeetrinken. Mir fiel sofort auf, dass er sich fortwährend am Sack kratzte.

»Was kratzt du dich denn laufend? Hast Du Flöhe, oder was?«, fragte ich, weil mich das nervte.

»Keine Ahnung. Schau doch mal nach, ob du was siehst!«

Fred zog sich Jeans und Slip aus und legte sich auf die Couch. Ich kniete mich davor und suchte in seinem dichten Schamhaar nach den Übeltätern.

»Pass auf, dass dich die Biester nicht anspringen, sonst hast Du sie dann im Pelz«, scherzte Fred.

Doch in der Zwischenzeit hatte ich schon eine Ahnung.

»Fred, das sind keine Flöhe«, sagte ich.

»Was dann? Oh, mein Gott, ich ahne was.«

»Ahnst du das Gleiche wie ich?«, fragte ich.

»Was ahnst *du* denn?«

»Läuse!«

»Verdammt! Ich auch. Ich hatte dieses Mal so ein heruntergekommenes Hotelzimmer. Das war alles so eklig. Bestimmt waren die Biester in der verkeimten Matratze. Was siehst du denn?«, fragte Fred.

»Na, was bei Läusen so typisch ist, die kleinen braunen Eier, die Nissen. Und, wenn man genau hinschaut, da sieht man auch etwas krabbeln.«

»Oh, mein Gott, was machen wir jetzt?«

»Da hilft nur eins, ratzekahl alle Haare abrasieren«, sagte ich.

»Halt, warte! Was schreibt das Lexikon über Filzläuse?«, fragte Fred.

Ich nahm mein Handy und googelte nach Filzläusen. Es kamen tausende Links. Gleich beim ersten Link (Wik…) schaute ich nach und überflog stichpunktartig den Text.

»… sechsbeinige Tiere … mit drei Stechrüsseln … arbeiten wie eine Säge … lästiges Jucken … Weibchen legt rund 25 Eier … klebt sie an die Haare … saugt mehrere Stunden lang Blut … hält sich besonders an den Schamhaaren auf … durch Geschlechtsverkehr übertragen …

auch durch Klobrillen oder Wäsche ... Behandlung ... Haare wegrasieren ...«

»Halt, das reicht! Ich kann's nicht mehr hören. Tu endlich was!«

Ich begab mich dann doch ins Bad, um Schere und Nassrasierer zu holen. Auch Rasierschaum, ein Handtuch und eine kleine Schale mit Wasser brachte ich mit.

»Da wollen wir mal loslegen. Soll ich es machen? Oder willst du es selbst?«, fragte ich.

»Mach du mal lieber. Du kannst das besser sehen. Ich habe da unten keine Augen.«

»Okay, dann leg dich mal auf dieses Handtuch. Das waschen wir danach gleich oder schmeißen es weg. Das wollte ich sowieso in Kürze aussondern.«

Ich schnitt zunächst grob die Schamhaare mit der Schere ab und verstaute sie in einer Plastiktüte. Dann trug ich den Rasierschaum auf und begann mit der Rasur. Freds Schamhaare waren ziemlich widerspenstig. Es muss ihm ziemlich wehgetan und geziept haben. Fast zwanzig Minuten brauchte ich für diese Vollrasur.

»Siehst jetzt richtig schick aus«, flachste ich.

»Mach dich nicht noch lustig, Yvette! Mir ist eigentlich gar nicht zum Lachen zumute. Was machen wir nun? Kannst Du nicht so ein bisschen Insektenspray draufmachen? Falls wir noch so ein Luder übersehen haben.«

»Ich weiß nicht. Normalerweise gibt es ja in der Apotheke diesen ‚Goldgeist‘, der hilft sehr sicher.«

»Du kennst dich ja gut aus. Hattest wohl schon mal Läuse?«, wollte Fred es genau wissen.

»Na klar, als Kind. Bei uns in der Schule gab es öfter mal welche. Aber die hatte ich nur auf dem Kopf und da hat dieser ‚Goldgeist‘ immer gute Dinge verrichtet.«

»Da müssten wir ja extra in die Apotheke gehen. Versuch doch mal das Fliegenspray. Was gegen Insekten hilft, hilft sicher auch gegen Läuse.«

»Meinetwegen«, sagte ich und holte das besagte Spray. Ich sprühte Schwanz und Sack ein und wir ließen es etwa eine Viertelstunde einwirken. Dann duschte Fred gründlich und ich schaffte sofort das Handtuch und die Plastiktüte in die Mülltonne vor dem Haus.

Als Fred aus dem Bad kam sagte er: »Ich glaube, den Biestern haben wir's gezeigt.«

Dann nahm er mich in den Arm und küsste mich.

»Danke, mein kleiner Kammerjäger. Hast Du fein gemacht.«

Ich spürte wie seine rechte Hand unter mein T-Shirt wanderte und meine Brüste berührten. Sofort flossen meine Säfte wieder und als Fred einen Finger in meine Spalte steckte, gab es kein Halten mehr für uns. Wir eilten ins Schlafzimmer, ich legte mich aufs Bett und Fred kniete sich davor. Mit beiden Händen schob er meine Schamhaare beiseite und begann meinen Kitzler mit der Zunge zu verwöhnen. Meine dürstenden Schamlippen öffneten sich, mein Liebessaft sickerte heraus und Fred saugte alles mit seiner Zunge auf.

»Du bist ja ganz schön juckig«, hauchte Fred.

»Fred, hör bitte mal einen Moment auf! Eben, als du sagtest juckig, spürte ich irgendein Krabbeln, da unten zwischen meinen Beinen. Kann es vielleicht sein, dass …«

»Was? Dass du auch Läuse hast, dass sie gestern Abend auf dich übergesprungen sind?«

Fred hörte sofort mit dem Lecken auf und wischte sich den Mund ab. Mit der rechten Hand puhlte er ein schwarzes Schamhaar aus dem Mund. Dann versuchte er meinen dichten schwarzen Busch zu untersuchen.

»Bei deinem Wildwuchs kann man ja kaum etwas erkennen. Am besten, du rasierst dich auch. Da gehen wir allem Ärger aus dem Weg«, schlug Fred vor.

»Meinst du? Ich denke, dir gefallen rasierte Frauen nicht?«

»Das nützt doch nichts. Erst einmal müssen die Läuse verschwinden. Du kannst sie ja wieder wachsen lassen.«

»Ich würde mir mal den Mund ausspülen. Vielleicht hast du noch ein paar von den possierlichen Tierchen im Mund«, scherzte ich.

»Lass deine Scherze! Hol lieber wieder das Rasierzeug und fang an!«

»Diesmal bist du aber dran«, sagte ich, »du musst mich rasieren.«

»Wieso ich? Du hast das bei mir so schön gemacht.«

»Bitte, Fred. Mach es mir bitte!«

»Mach es mir bitte«, äffte mich Fred nach. »Meinetwegen, aber beschwer dich nicht, wenn es weh tut.«

»Komm, gib dir ein wenig Mühe, ich bin schließlich dein kleines Hasi!«

Ich holte erneut ein altes Handtuch aus dem Schrank und das Rasierzeug aus dem Bad. Fred stellte sich ganz geschickt an. Im Nu hatte er die Haare mit der Schere vorgeschnitten. Dann griff er zum Rasierer. Mit der rechten Hand rasierte er mich und mit der linken spielte er an meinem Kitzler und meinen Schamlippen.

»Da kommen ja Dinge zum Vorschein, die ich vorher noch nie so gesehen habe«, sagte Fred.

»Gefällt dir mein nacktes Pfläumchen?«, fragte ich.

»Etwas gewöhnungsbedürftig, aber lecker.«

»Siehst du, wie feucht ich bin? Das gefällt mir, wie du das machst. Beeil dich bitte, damit ich wieder deine schnelle Zunge spüren kann.«

Fred brauchte nicht lange und meine Muschi war blitzeblank. Ich eilte ins Bad und duschte. Dann ging ich schnell wieder ins Schlafzimmer zurück und legte mich in Position.

Fred wartete bereits mit gezücktem Schwert. Doch das musste er noch ein Weilchen zähmen. Erst einmal musste er meine nasse Muschi nach Strich und Faden mit seiner Zunge verwöhnen. So dauerte es nur wenige Sekunden, bis ich endlich zu meinem lang ersehnten Orgasmus kam. Nun erlaubte ich Fred, sich in meiner nassen Muschi zu verlustieren. Doch was war mit Fred los. Gerade in dem Augenblick, als er wie immer umständlich den Eingang meiner klaffenden Vagina suchte, kam es ihm und noch ehe er ihn gefunden hatte, spritze er alles auf das Bettlaken.

»Gerade habe ich frisch bezogen«, sagte ich.

»Tut mir leid, aber das war so geil, als ob ich mit einer anderen Frau schlafen würde.«

Ich war außer mir. Was war denn das? So etwas kann man doch zu seiner Freundin nicht sagen. Erst recht nicht, wenn man gerade mit ihr bumst.

»Hey, was soll das denn? Machen dich etwa andere Frauen mehr an als ich?«

Ich sprang wütend aus dem Bett, ging wieder ins Bad, setzte mich auf die Klobrille und pinkelte. Fred kam hinterher und versuchte mich zu beruhigen.

»So war das nicht gemeint. Ich wollte sagen, das war eine echte Belebung unseres Sexlebens. Komm, du weißt doch, dass ich dich über alles liebe, mein Schatz.«

So war er nun mal, der Fred, manchmal ein kleiner Tollpatsch und richtig süß. Dann wieder ganz lieb und zärtlich. Das liebe ich an ihm.

11. Amore auf Italienisch

Guido und Cleopatra und Tamara

Mittlerweile sind es bereits fast zwei Jahre, dass ich, Guido, Single bin und diese Zeit auch ausgiebig genossen habe. So langsam wird es aber Zeit, mal wieder eine feste Beziehung einzugehen. Wenn das überhaupt noch möglich ist, nach dieser langen Zeit. So habe ich beschlossen, dass dieser Urlaub in Ägypten der krönende Abschluss meines Singledaseins werden soll.

Jetzt werden Sie sich fragen: Ägypten? Ein muslimisches Land! Warum ausgerechnet Ägypten? Ganz einfach. Ich möchte mich einfach mal nur entspannen und ein bisschen ägyptische Kultur und Geschichte kennenlernen. Ich habe mir felsenfest vorgenommen, hier keine Frau anzusprechen und auch mit keiner zu flirten. Natürlich sind Reiseleiterin und Zimmermädchen, falls es hier überhaupt welche geben sollte, ausgeschlossen.

Gleich am ersten Tag, während des ersten Treffens mit unserer Reiseleiterin, freundete ich mich mit einem allein reisenden Mann meines Alters aus Deutschland an, der ausschließlich wegen der ägyptischen Kulturschätze in Hurghada weilte. Er war bereits seit einer Woche in Ägypten und machte die Woche davor eine Nilkreuzfahrt. Jetzt sei er nur noch zum Schnorcheln am Roten Meer und für einen Tag habe er sich die lange Strapaze eines Ausfluges nach Kairo vorgenommen. Er wollte auf Biegen und Brechen die Pyramiden sehen.

Seine übergroße Begeisterung für die Pyramiden erinnerte mich an den italienischen Spruch »Neapel sehen und sterben«, welches ich für Gizeh abgewandelt habe in »Die Pyramiden sehen und sterben«. Peter konnte man alles über Ägypten fragen. Es gab nichts, das er nicht wusste. Ich dagegen wusste so gut, wie überhaupt nichts. Deshalb war ich froh, Peter an meiner Seite zu wissen. Ich gab ihm den Spitznamen Ramses, denn das war der einzige Name eines Pharaos, den ich kannte. Trotz seiner kleinen Macken mochte ich Peter und wir beschlossen, gemeinsam nach Gizeh in Kairo zu fahren und auch sonst einen großen Teil unserer Freizeit gemeinsam zu verbringen.

Es kam die Zeit des ersten Abendessens. Ich war überrascht von dem schmackhaften und vielseitigen Essen in diesem Hotel. Erst als ich nahezu fertig war mit dem Essen, bemerkte ich, wie mich am Nebentisch fortwährend eine Frau beobachtete, ich schätzte sie etwa auf Vierzig, also in meinem Alter. Als ich zu ihr rüber schaute, lächelte sie mich an und ich lächelte zurück. Anhand der anderen Tischgäste, die alle italienisch sprachen, schloss ich darauf, dass sie ebenfalls aus Italien kam. Ich konnte aber kein Wort italienisch, außer vielleicht Spaghetti oder Pizza. Damit war die Sache klar: Ich konnte sie gar nicht ansprechen. Ich lächelte sie stattdessen an, sie lächelte zurück.

Eigentlich ärgerte ich mich ein wenig. Solch eine rassige Italienerin mit schwarzen langen Haaren und mütterlichen, prallen Brüsten trifft man schließlich nicht alle Tage. Doch ich blieb eisern. Ich sah es als Herausforderung an, als einen ersten Test, wollte sie unter gar keinen Umständen anquatschen.

Nach dem Essen, als ich auf der kleinen Terrasse vor meinem Hotelzimmer im Erdgeschoß saß und ein köstliches Stella-Bier trank, sah ich sie wieder, sie hielt sich ebenfalls auf der Terrasse auf, nur zwei Eingänge weiter. Wieder lächelte sie mich an und ich lächelte zurück, meine kleine Italienerin, meine Cleopatra. Ach, jetzt fällt mir ein: ich kenne ja noch einen zweiten Pharao. Cleopatra war ja auch einer, wenn auch ein weiblicher. Die Italienerin schien schon etwas länger im Hotel zu wohnen, denn sie hing ihre nassen Badesachen über die vergilbten Plastestühle. Dann winkte sie mir kurz zu und verschwand wieder in ihrem Zimmer.

Am nächsten Morgen vermisste ich Cleopatra beim Frühstück, sah sie auch den ganzen Tag über am Strand nicht, und selbst beim Abendessen blieb mein Nachbartisch leer. Kurzzeitig ärgerte ich mich, dass ich sie am Vortag nicht angesprochen hatte, in welcher Sprache auch immer. Doch dann redete ich mir wieder ein, dass ich den haltlosen Frauengeschichten ja endgültig den Kampf angesagt hatte.

Am späten Abend -gegen zehn Uhr abends- passierte es dann. Die Sonne war längst untergegangen und ein kühles Lüftchen wehte von der Sahara herüber. Ich trank den letzten Schluck meines Bieres und auf einmal öffnete sich die Tür zwei Zimmer weiter und heraus kam meine lächelnde Cleopatra. Wieder hing sie irgendwelche Sachen zum Trocknen auf und wieder winkte sie mir, bevor sie anschließend in ihrem Zimmer verschwand.

Doch diesmal war ihr Winken anders als gestern. Es war kein Winken, sondern eher eine unmissverständliche Aufforderung. Wollte sie mir etwa ein Zeichen geben? Wollte sie mich zu sich locken? Wollte sie mir damit zu verstehen geben, dass ich zu ihr kommen sollte? Warum lächelte sie mich sonst immer so an?

Ich ging kurz in mein Zimmer, überlegte hin und her und beschloss schließlich, nachdem ich meinen ganzen Mut zusammen nahm, zu ihrer Terrasse zu gehen. Mal sehen, was an meinen Vermutungen dran war.

Die Tür zu ihrem Zimmer war nur angelehnt. Im Zimmer war es stockdunkel, nur das Licht des Mondes erhellte einen kleinen Teil des Raumes. Ich öffnete vorsichtig die Tür, ging auf leisen Sohlen hinein.

Im Zimmer war es sehr still, ich hörte nur Cleos leises und gleichmäßiges Atmen. Dann sah ich sie, wenn auch nur schemenhaft im diffusen Schein des Mondes. Sie lag splitternackt auf dem Bett. Das Bett neben ihr war leer. Ich legte mich neben sie, gab ihr einen Kuss auf den Mund. Ihre Augen glänzten vor Freude. Ich streichelte ihr Wangen, ihren Hals ihre Brüste, ihren Bauch. Sie ließ es geschehen. Was für zarte duftende Haut sie hatte. Wir sprachen kein einziges Wort, das war auch nicht notwendig.

Ihre Ergebenheit machte mich mutiger. Meine Hand berührte nun den Rand ihrer dichten lockigen Schamhaare. Ich spielte mit ihnen, es machte mir Spaß. Ich hatte schon lange keine Frau mehr mit so üppigen Schamhaaren gehabt. Meine Hand wanderte ein kleines Stück weiter, suchte die Mitte ihres Schoßes. Sie war bereits feucht und ihre Schamlippen vorwitzig geöffnet. Ich tauchte meinen Mittelfinger langsam ein in ihr nasses Geschlecht und benetzte vorsichtig ihren Kitzler mit ihrem Saft. Meine kleine Italienerin atmete schneller. Ich massierte zärtlich die kleine Knospe ihres duftenden Schoßes und sie genoss es.

Dann gab sie mir zu verstehen, dass ich mich auf den Rücken legen sollte und sie setzte sich auf mich, ließ meinen Schwanz langsam in ihrem lockigen Busch verschwinden. Ich tätschelte ihre Titten, Cleopatra kicherte und schlenkerte sie mir ins Gesicht. Ich nuckelte und saugte an ihren harten Nippeln. Sie war so geil, dass sie laut stöhnte. Wenn das die Nachbarn hören. Vielleicht noch ihre Mutter. Sie bewegte sich schneller. Ich hielt es nicht länger aus und spritzte in ihr ab. Gleichzeitig spürte ich ein rhythmisches Pulsieren in ihrer Vagina. Sie war ebenfalls gekommen. Ich war überglücklich. Wir kuschelten noch ein paar Minuten, dann verschwand ich, wie ich gekommen bin, stumm und auf leisen Sohlen.

Die nächsten Tage wiederholte sich diese Prozedur noch einige Male. Zwei Tage vor meinem letzten Urlaubstag saß ich wieder auf meiner Terrasse und wartete geduldig. Erst als die Sonne bereits eine Stunde untergegangen war, kam sie, lächelte und gab mir wieder ein Zeichen. Doch diesmal konnte ich leider nicht zu ihr gehen, denn bereits um ein Uhr nachts ging unser Bus nach Kairo zu den Pyramiden. Doch irgendwie musste ich ihr es ja verständlich machen. Ich gestikulierte, wie wild, machte die Geräusche eines Busses, formte mit den Händen eine Pyramide. Diese Zeichensprache setzte ich solange fort, bis ich glaubte, dass Cleopatra es begriffen hatte. Sie ging traurig in ihr Zimmer und winkte noch einmal kurz zu mir herüber.

Am darauffolgenden Tag war ich mit Ramses in Kairo. Es war sehr anstrengend. Wenn man die Hin- und Rückfahrt zusammen rechnet, verbrachten wir fast acht Stunden nur im Bus. Trotzdem hat es sich gelohnt, das einzigartige Museum zu besuchen und dieses letzte Weltwunder, die Pyramiden von Gizeh, einmal aus nächster Nähe zu betrachten.

Dann kam mein letzter Abend. Peter, oder auch Ramses, und ich feierten Abschied und tranken in der Hotelbar zusammen einige Biere. Erst gegen Mitternacht kam ich in mein Hotelzimmer. Zu dieser Zeit war Cleopatra schon im Bett. Doch ich wollte ihr noch einen kurzen Besuch abstatten, mich standesgemäß von ihr verabschieden.

Ich schlich mich zu ihrer Terrasse. Die Tür war wieder nur angelehnt, als würde sie schon sehnsüchtig auf mich warten. Ich schlich mich ins Zimmer und legte mich aufs Bett. Sie schlief bereits, lag auf der Seite und hatte sich mit einem Bettlaken zugedeckt.

Meine Hand wanderte langsam unter ihr Bettlaken, streichelte ihren prallen Hintern. Dann wanderte sie weiter zu ihren Brüsten. Sie fühlten sich heute noch voller an, als die Tage zuvor. Sicher lag es daran, dass sie auf der Seite lag.

Meine kleine Italienerin schlief fest. Sie spürte mich nicht. Auch nicht, als ich versuchte, sie sanft auf den Rücken zu drehen. Sie schlief einfach weiter.

Es war stockdunkel im Zimmer und etwas später als sonst. Der Mond war schon weitergezogen. Ich streichelte die Innenseiten ihrer

Schenkel. Tastete mich weiter bin zu ihrem Schoß. Doch was war das? Kein einziges Haar kräuselte sich an ihrer Muschi. Hatte sie sich heimlich rasiert? Wollte sie mich damit überraschen? Oh, wie enttäuscht musste sie gewesen sein, als ich heute Abend nicht auf meiner Terrasse saß.

Rasiert fühlte sie sich ihr Schoß gleich ganz anders an, viel fleischiger, viel größer. Ich streichelte ihre Spalte und, obwohl sie fest schlief, schien sie etwas zu spüren. Es dauerte nicht lange und sie wurde feucht, viel feuchter als sonst. Wie kam das? Träumte sie? Aber nicht von mir.

Mein Schwanz war bereits steif und ich wollte endlich in sie eindringen. Ich öffnete etwas ihre Beine und kniete mich dazwischen. Dann dirigierte ich meinen Schwanz in ihren klaffenden Spalt. Irgendwas war jedoch anders als sonst.

Cleopatra wachte auf. Auf einmal hörte ich nur noch ein lautes Schreien, viele Worte fielen, auf Russisch. Ich verstand kein Wort. Ich erschrak, bekam es plötzlich mit der Angst zu tun. Sah mich schon in den Klauen der Russenmafia, bei Wasser und Brot, angekettet in einem dunklen, stinkigen kalten Kerker in Sibirien.

Die fremde Frau machte Licht, dann verstummte sie. Sie sah eigentlich gar nicht übel aus. Ihre Figur ähnelte stark der der Italienerin. Nur hatte sie statt der schwarzen diese blonden Haare und war eben rasiert. Das Alter kam auch ungefähr hin.

Wir schauten uns eine Weile an, dann lächelten wir uns an. Die Russin nahm mich an der Hand und zog mich ins Bett.

»Du mich verwechseln. Nicht so schlimm. Ich Tamara. Ich lieb sein zu dich. Komm, ich dich verwöhnen. Dann du gehen wieder in Zimmer. Du nicht vergessen werden Tamara.«

Ich schlief dann mit Tamara. Aber anfangs eher aus Angst, dass mir bei einer Verweigerung der Tod drohte, als aus Sympathie. Doch je länger wir uns miteinander vergnügten, desto mehr gefiel mir Tamara. Oder lag es an der Flasche Wodka, die sie zu Beginn aus dem Schrank holte? Doch ich konnte nicht so lange bleiben, denn bereits fünf Uhr stand der Bus bereit, der uns zum Flughafen fuhr. Trotzdem werde ich Tamara nie mehr vergessen. Sie war ein würdiger Ersatz für Cleopatra.

Zumindest meinen Vorsatz habe ich einge-
halten: Ich habe keine fremde Frau angesprochen.

12. Hunde, die stehlen, beißen nicht

Steffi und Marcel

Kurz nach meinem achtzehnten Geburtstag lernte ich Marcel kennen. Im Grunde genommen könnte man sagen, dass Marcel mein erster richtiger Freund war. Er war es schließlich, der mir die körperliche Liebe beigebracht hat. Wir haben es Tag und Nacht getrieben und wo es uns gerade danach zumute war. Sei es am Strand, in der Umkleidekabine, im Fahrstuhl, im Wald oder auf der Wiese. Apropos Wiese, dazu fällt mir das wohl peinlichste Erlebnis ein, welches ich je hatte.

Es war ein heißer Sonntag im Juni, dem wohl besten Monat im Jahr, wie ich finde. Erdbeerzeit, Kirschenzeit, Sommeranfang und die längsten Tage. Wir schnappten uns unsere Räder und fuhren einfach los, ins Blaue, wie man so schön sagt. Wir nahmen Kaffee und Kuchen mit. Kühle Getränke verstauten wir in einer Kühltasche. Mehr brauchten wir nicht. Anfangs ging es nur durch den Wald. Es war angenehm kühl und es wehte ein leichtes Lüftchen.

Als wir aus dem Wald herauskamen, wurde die Landschaft etwas hügelig. Es war Mittag und die Sonne stand im Zenit. Wir wollten eine Rast machen und uns erfrischen. An einem Hang stoppten wir, nahmen unsere Decke und legten uns ins Gras. Doch anstatt die herrliche Aussicht auf das im Tal gelegene Dorf zu genießen, fielen wir gleich über uns her, rissen uns die Kleider vom Leib und liebten uns.

Wir befanden uns etwas abseits des Weges und waren durch hohe Sträucher und Gräser von neugierigen Blicken anderer Radfahrer oder Spaziergänger recht gut geschützt. Plötzlich hörte ich einen Hund bellen. Ich bekam es mit der Angst zu tun. Das Bellen wurde immer lauter, das heißt, der Hund kam immer näher. Marcel störte es nicht, sein Schwanz verlustierte sich genüsslich in meiner Vagina.

»Marcel, hörst du das nicht?«, fragte ich ängstlich.

»Was soll ich hören, Steffi?«

»Das Bellen, den Hund.«

»Na und, lass ihn doch. Der ist weit … weg.«

Doch mitten im Satz stand plötzlich ein fauchendes Ungetüm vor uns. Sein riesiger Kopf befand sich unmittelbar vor meinem Gesicht. Ich konnte seinen schlechten Atem riechen. Die Zunge hing heraus und tropfte. Ekel, Ekel.

Jetzt erstarrte auch Marcel. Ich spürte seine Angst. Sein Schwanz schrumpfte auf normale Größe und flutschte aus meiner Muschi. Ich erinnerte mich an Aschenbrödel. Nur nicht bewegen, nur kein Wort sagen.

Der Hund, ich glaube, es war ein Rottweiler, schnupperte an mir herum, leckte mich mit seiner sabbernden Zunge im Gesicht, dann an meiner Brust. Ich hätte kotzen können, so eklig fand ich das. Dann leckte er weiter nach unten, schnupperte an meiner Vagina und leckte sich die Lippen. Ich bekam innerlich Panik, blieb jedoch äußerlich ruhig und bewegte mich immer noch nicht. Wenn der jetzt Marcels Schwanz mit einer leckeren Wurst verwechselt, dann war's das. Nie wieder Sex. Doch wir hatten Glück, er nahm diesen kleinen schlaffen Zipfel wohl nicht ganz für voll. Nochmal Glück gehabt.

Dass der liebe Gott gerade die wichtigsten Körperteile nur einmal erschaffen hat, ist wirklich Schade, vielleicht sogar ein Konstruktionsfehler. Das muss einfach mal gesagt werden. Vielleicht kann man da in Zukunft noch etwas ändern. Arme und Beine hat man paarweise, auch Augen und Ohren. Da wäre ein Ausfall gerade noch zu verschmerzen, bzw. auszugleichen. Obwohl, ich kann mir eigentlich keine Türkin vorstellen, die sieben Schritte hinter ihrem Mann beide ALDI-Tüten in einer Hand trägt. Die würde doch aussehen, wie der Schiefe Turm von Pisa. Aber bei einem Penis wäre ein Verlust der absolute Supergau. Ein Mann ohne sein ,Bestes Stück', nicht auszudenken.

Der Kampfhund schaute mir ins Gesicht, dann drehte er sich plötzlich herum und ging zielgerichtet auf unsere, auf der Wiese verstreuten, Sachen zu. Zunächst schnupperte er an meinem BH, anschließend ganz intensiv an meinem Höschen. Dann bekam er auch noch einen Ständer. Oh, mein Gott, was würde er wohl jetzt machen? Ich zitterte am ganzen Körper. Mit einem Mal nahm der Köter meinen BH und mein Höschen in sein Maul und rannte wie angestochen davon. Uns fiel ein Stein vom Herzen.

Kurze Zeit später hörte ich in einiger Entfernung eine Frauenstimme rufen: »Brutus, wo treibst du dich denn schon wieder rum? Du sollst doch nicht immer von Frauchen abhauen. Sonst nehme ich dich an die Leine. Was hast du da im Mund? Gib mal her! Du sollst mir das hergeben, was du im Mund hast. Brutus, komm zurück!«

Dann war Ruhe. Brutus war mit meiner Unterwäsche getürmt. Wahrscheinlich auf Nimmerwiedersehen. Mein Intimgeruch hatte ihn verrückt gemacht, vielleicht sogar angeturnt. Uns jedoch war die Lust vergangen, aber wir waren froh, überhaupt noch am Leben zu sein.

Marcel zog sich an, seine Unterwäsche hatte Brutus zum Glück verschmäht. Er stand eben nicht auf Männer, war kein schwuler Hund. Von meinen Sachen war nur noch mein dünnes Kleidchen übrig. Ich streifte es mir über. Auf einmal schaute mich Marcel ganz entsetzt an.

»Steffi, so kannst du doch nicht rumlaufen. Bei dem Kleid sieht man alles durch.«

Ich schaute mich an, so gut ich konnte. Tatsächlich, man konnte genau meine Brustwarzen und meinen kleinen Busch zwischen den Beinen sehen.

»Was soll ich machen? Soll ich Brutus hinterher laufen? Ich weiß doch gar nicht, wo der hin ist«, sagte ich verzweifelt.

»Das hat uns gerade noch gefehlt. Und wir müssen nachher noch zu meinen Eltern fahren und die Kirschen pflücken. Wenn du da mit diesem durchsichtigen Kleid und ohne Unterwäsche ankommst, denken die doch, du hast sie nicht mehr alle, bist jetzt vollkommen durchgedreht. Wo die sich sonst immer schon bei mir über deine freizügige Kleidung aufregen.«

»Wieso denn? Dann sagen wir eben die Wahrheit.«

»Du kannst denen doch nicht die Wahrheit sagen. Willst du sagen: Wir lagen nackt im Gras und waren gerade so schön beim Bumsen. Da kam so ein blöder Hund und hat dir den BH und das Höschen geklaut. Das glauben sie uns doch nie im Leben.«

Ich gab Marcel recht. Das klang auch irgendwie blöd. Also konnten wir nur eins machen: Schadensbegrenzung. Aber wie? Ich überlegte, was bei mir zuerst auffallen würde. Das waren natürlich meine schwarzen Schamhaare. Also mussten wir versuchen, sie so gut es nur ging zu entfernen.

»Marcel, wir müssen unbedingt meine Schamhaare abrasieren. Ich brauche eine Schere oder ein Messer.«

»Wo willst du jetzt ein Messer? Ach … Ich habe eine Idee.«

Marcel öffnete die Kühltasche und zauberte ein Küchenmesser hervor.

»Simsalabim. Das müsste doch gehen. Damit werden wir deinem Busch auf den Pelz rücken.«

»Wenn du meinst, dass du damit was abkriegst.«

Ich legte mich wieder auf die Wiese, zog mein Kleid nach oben und Marcel hantierte mit dem Messer etwas ungeschickt und nervös an meinem Bär herum. Das ziepte vielleicht. Das waren Schmerzen. Das Messer war total stumpf.

»Das hat keinen Zweck. So kommen wir nicht weiter«, sagte Marcel und versuchte schließlich mit seinen Zähnen die Schamhaare einzeln abzubeißen. Nach jedem Biss puhlte er das abgebissene Haar aus seinem Mund.

Ich stoppte die Zeit, die er für ein Schamhaar benötigte und überschlug, wie lange er wohl für den gesamten Busch brauchen würde.

Ich rechnete: Der Mensch hat etwa 200 Haare pro Quadratzentimeter. Mein Pelz ist etwa 10 x 10 Zentimeter groß, also Hundert Quadratzentimeter. 100 x 200 sind gleich 20.000 Haare. Für ein Haar benötigt er im Schnitt zehn Sekunden. Macht nach Adam Ries 200.000 Sekunden, oder 3333 Minuten oder 55 Stunden.

Er wäre also in drei Tagen fertig damit, aber nur, wenn er keine Minute schläft, nicht isst, nicht trinkt und auch nicht pinkeln geht.

»Marcel, hör auf damit! Es hat keinen Zweck. Es dauert viel zu lange«, rief ich ihm zu. »Es würde sage und schreibe über zwei Tage dauern, bis du sämtliche Schamhaare abgebissen hättest.«

Marcel war verzweifelt und legte resigniert seinen Kopf auf meinen Bauch. Plötzlich schreckte er auf.

»Ich hab's. Da unten im Tal habe ich vorhin eine Tankstelle gesehen. Ich fahre jetzt dahin und kaufe Näh- und Rasierzeug.«

»Glaubst du, an einer Tankstelle gibt es so etwas? Da gibt's doch nur Lebensmittel und Alk«, fragte ich etwas skeptisch.

»Ich versuch's einfach mal. Wenn nicht, dann haben wir eben Pech. Aber wir haben es wenigstens versucht.«

Marcel schwang sich aufs Rad und nach zwanzig Minuten war er wieder zurück. Schon von weitem rief er freudestrahlend: »Ich hab was. Ich hab was.«

Marcel hatte tatsächlich an dieser Tankstelle einen Nassrasierer, Rasierschaum und eine Schere bekommen. Er begann umgehend mit der Arbeit. Zunächst schnitt er grob meine Schamhaare mit der Schere ab und anschließend benutzte er den Nassrasierer. Der Kaffee aus der Thermokanne diente als Wasser. Marcel war sehr vorsichtig und rücksichtsvoll. Er passte peinlich auf, dass er mich nicht schnitt.

Als er mit dem Rasieren fertig war, duftete meine ganze Muschi lecker nach frischem Kaffee und als ich mein Kleid darüber zog, fiel kein dunkler Fleck mehr auf. Das wichtigste Problem hatten wir erst einmal clever gelöst. Es blieb nur noch die Sache mit meinen Brustwarzen. Wir überlegten eine Weile hin und her, bis wir schließlich die rettende Idee hatten.

Marcel radelte noch einmal zur Tankstelle und kaufte eine Tube Senf. Senf ist etwa hautfarben. Na, ahnen Sie bereits, was jetzt kommen wird? Genau. Ich bestrich meine Brustwarzen und meine Nippel mit Senf und ließ alles an der Sonne schön antrocknen. Dann zog ich mein Kleid darüber.

Man musste nun schon ganz genau hinsehen, dass einem die Brustwarzen auffallen würden. Aber bei Männern weiß man ja nie, die haben Röntgenblicke, die können auch durch Ritterrüstungen schauen.

Der einzige Haken an der Aktion war: Ich konnte mich von nun an nur sehr vorsichtig bewegen, damit der Senf nicht abblätterte. Auch sexuelle Erregung oder Kälte konnte ich momentan überhaupt nicht gebrauchen, damit meine Nippel nicht die Kruste durchstoßen.

Wir packten unseren ganzen Kram zusammen und radelten guten Mutes zu Marcels Eltern. Sie warteten bereits ungeduldig mit der Vesper auf uns und der Kaffee war auch schon längst fertig.

Ich glaube, zu diesem Zeitpunkt war ihnen noch nichts an mir aufgefallen. Sie wunderten sich nur, dass ich mich an diesem Tag etwas schwerfällig bewegte. Aber, clever, wie ich nun mal bin, entschuldigte ich meinen Zustand mit einem heftigen Muskelkater.

Nach dem Kaffeetrinken fingen wir an, die Kirschen zu pflücken. Zunächst stieg Marcel auf die Leiter. Er pflückte einen ganzen Korb, während ich unten die Leiter festhielt.

Danach wechselten wir uns ab. Ich stieg auf die Leiter und Marcel hielt die Leiter fest. Bei mir ging das Pflücken nicht so schnell, wie bei Marcel, denn ich musste ja immer aufpassen, dass mir der Senf nicht von den Warzen blätterte.

Mit einem Mal hörte ich, wie Marcel seinen Vater fragte: »Papi, kannst du bitte mal kurz die Leiter halte, ich muss mal auf Toilette.«

Ich weiß auch nicht, was Marcel in diesem Augenblick geritten hatte. Hatte er in diesem Augenblick nicht mehr daran gedacht, dass ich unter dem Kleid nackt war?

Marcels Papi kam sofort geeilt und griff an die Leiter. Urplötzlich fuhr es mir in den Sinn: Ich hab doch gar kein Höschen an. Ich wurde feuerrot im Gesicht. Hitzewellen überkamen mich. Ich schaute vorsichtig nach unten. Marcels Vater schaute nach oben, direkt unter mein Kleid und lächelte.

»Ganz schön heiß heute. Da ist einem alles zu viel, nicht wahr?«, hörte ich ihn sagen und mir war klar, dass er schon längst meinen nackten Po mitbekommen hat.

»Ja, alles zu viel«, antwortete ich und wollte so schnell wie möglich von der Leiter steigen. »Ich glaube, mein Korb ist jetzt voll. Ich habe keine Kraft mehr in den Armen. Ich glaube, wir haben auch genug.«

Ich stieg langsam nach unten. Die Blicke von Marcels Vater trafen mich, wie Pfeile, streiften meine kahlrasierte Muschi. Ich fühlte mich so, als ob mein ganzer Körper eine einzige große

Muschi wäre, die sich nun über den Kopf von Marcels Vater stülpen würde. Ich muss ein geiles Bild für ihn abgegeben haben. Aber was soll's. Soll er nur seinen Spaß haben. Er gönnt sich ja sonst nichts. Für meinen Po brauche ich mich ja nicht zu schämen.

Als ich endlich unten war, sagte ich: »Danke für deine Hilfe. So eine frische Kirsche ist doch was Leckeres, stimmt's?«

»Recht haste, meine Steffi. Du konntest wenigstens mal davon naschen, ich musste hier unten die Leiter halten. Aber das war auch ganz interessant.«

»Das glaube ich dir.«

Das Wort Lustmolch habe ich mir dann doch verkniffen.

Im Grunde genommen hat das mit meiner Tarnung ganz gut geklappt. Wenn da nicht die Sache mit dem Kirschenpflücken gewesen wäre, hätte Marcels Vater von meinem Problem gar nichts mitbekommen. Zumal seiner Mutter ja auch nichts aufgefallen ist und die ist immer die erste, der so etwas ins Auge sticht. Aber sonst ist sie eigentlich ganz in Ordnung.

Am nächsten Tag fand ich in der örtlichen Zeitung einen Aufruf der Polizei, dass sich im Nachbardorf etwas Mysteriöses ereignet hätte.

Ein Hund, der einen BH und einen Slip im Maul hatte, wurde von einem LKW totgefahren. Nun sucht man nach der Besitzerin dieser Kleidungsstücke, weil man glaubt, dass der Hund ihr etwas angetan hat.

Ich habe mich jedoch nie bei der Polizei gemeldet und die Geschichte erzählt man sich noch heute, die Geschichte vom heißen Brutus, der auf gebrauchte Reizwäsche stand.

13. Verstehe einer die Frauen

Tobias und Kerstin

Ein klassisches Beispiel dafür, wie man sich in einer Frau täuschen kann, war Kerstin für mich. Es war vor ungefähr fünf Jahren. Meine Frau und ich trennten uns nach fast fünfzehn Jahren Ehe und nun stand ich allein da. Um nicht in Depressionen zu verfallen, begann ich umgehend auf Heiratsannoncen zu schreiben, beziehungsweise schaltete selbst welche.

Da macht man vielleicht was mit. Was da so für schräge Typen unterwegs sind, das glaubt man kaum. Schmalbrüstige und ungepflegte Schlampen sind ja noch das kleinere Übel. Am schlimmsten sind diejenigen, denen man es auf den ersten Blick überhaupt nicht ansieht, dass sie einen mächtigen Thriller unterm Pony haben.

Kerstin war so ein flippiger Vogel. Und es war das erste Mal, dass ich an solch ein groteskes Frauenzimmer geraten bin. Als Kerstin bei mir anrief, um sich auf meine nette Zuschrift hin zu melden, war ich gerade nicht zuhause. Auf meinem Anrufbeantworter fand ich ihre Stimme eigentlich sehr sympathisch und ich war gespannt war, wie wohl die passende Frau dazu aussehen möge.

Noch am gleichen Tag rief ich sie zurück. Bei diesem recht ausführlichen Gespräch erfuhr ich bereits eine ganze Menge über Kerstin und sie machte eigentlich einen ganz normalen und sympathischen Eindruck. Kerstin war siebenunddreißig Jahre alt, kinderlos, blond, 1,75 m groß, besaß kein Auto und arbeitete in einem Reisebüro am Flughafen. Außerdem sagte sie mir, dass sie den Sommer über in einem Biergarten aushilft, um sich etwas Geld dazu zu verdienen.

Unser erstes Date konnte ich kaum erwarten. Wir trafen uns Dienstag 19:00 Uhr in einem großen Einkaufszentrum vor den Toren der Stadt. Es bewahrheitete sich, genauso niedlich, wie ihre Stimme, war auch ihr Gesicht. Sie hatte ein bezauberndes und sympathisches Lächeln.

Um uns besser unterhalten zu können, gingen wir in ein gemütliches Café. Kerstin bestellte sich einen Cappuccino, ich ein Kännchen Kaffee und dazu zwei Stück Sahnetorte, schließlich musste ich auf meine Figur achten.

Sie fragte mich, ob es mich stören würde, wenn sie eine Zigarette rauchen würde. Natürlich verneinte ich der Höflichkeit halber. Eine

Zigarette würde mich, als passionierter Nichtraucher, überhaupt nicht stören. Die Torte schmeckte sowieso nicht und außerdem waren wir die Einzigen im Café, sodass sich der Qualm ganz gut verteilen konnte.

Es blieb aber nicht bei dieser einen Zigarette. Ich glaube, am Ende waren es vier oder gar fünf Stück und ich musste später zuhause meine gesamten Klamotten sofort in die Waschmaschine werfen und mich gründlich duschen.

Um acht Uhr mussten wir jedoch das Café verlassen, da das Einkaufszentrum seine Pforten schloss. Es reichte auch fürs erste. Kerstin war nicht unbedingt der unkomplizierte Typ, aber sie war sehr nett und sah bildhübsch aus. Das reichte mir zunächst einmal, das ist ja auch wichtig. Mit hässlichen unattraktiven Frauen hatte ich mich zuvor oft genug getroffen.

Also verabredete ich mich ein zweites Mal mit Kerstin, und zwar für den kommenden Freitag. Es musste unbedingt dieser Freitag sein, da sie ja am Wochenende immer den ganzen Tag arbeiten musste. Sie meinte aber, dass sie höchstens bis 23:00 Uhr Zeit habe, da sie ja am nächsten Tag arbeiten müsse.

Freitag um 20:00 Uhr holte ich sie ab. Ich wartete vor ihrem Haus. Sie erschien in einem sehr sexy, gelben Kostüm, was aber etwas gewöhnungsbedürftig auf mich wirkte, da sie darin einem Kanarienvogel sehr ähnelte. Eigentlich wollten wir in einen nahegelegenen Biergarten gehen, aber Kerstin meinte dann: »Die Idee mit dem Biergarten ist vielleicht nicht so gut. Ich glaube, er schließt schon um 23:00 Uhr.«

Ich dachte mir, eigentlich ist es ja nicht so schlimm, da sie ja sowieso 23:00 Uhr nach Hause wollte. Aber ich war ganz froh über ihre Entscheidung, denn ich hatte auch eine tolle Idee. Auf dem Marktplatz fanden gerade die »Classic Open« statt, mit freiem Eintritt und einer großen Videowand. Heute waren »Queen« und »Pink-Floyd« im Programm, meine Lieblingsgruppen aus der Jugendzeit. Kerstin war mit meinem alternativen Vorschlag einverstanden.

Diese Idee mussten wir uns aber leider schnell wieder abschminken, da der Marktplatz hoffnungslos überfüllt war. Wir suchten uns stattdessen einen Platz in einem nahegelegenen Biergarten. Kerstin bestellte sich einen Schoppen Wein und ich eine Cola.

An diesem Tag fiel mir besonders auf, dass sie eine Zigarette nach der anderen rauchte. Es blieb auch nicht bei diesem einen Schoppen

Wein. Gegen halb zwölf, als ich dachte, dass sie nun bald nach Hause wollte, bestellte sie sich noch ein weiteres Glas Wein, ein Wasser und einen Cappuccino. Als sich Kerstin wenig später gerade neue Zigaretten holte, kam die Kellnerin bereits zum Abkassieren, denn im Biergarten war schon Ausschankschluss.

Nachdem wir ausgetrunken hatten, gingen wir erneut auf den Marktplatz. Jetzt gab es endlich einige freie Plätze. Kerstin wollte sich setzen und ein wenig zuhören bzw. den Film auf der großen Videowand verfolgen. Pink Floyd und Queen waren aber bereits zu Ende.

Kerstin sagte: »Tobias, ich möchte gern noch einen Wein trinken.«

Da hier Selbstbedienung war, trabte ich los und holte ihr den Wein und mir wieder eine Cola, einer musste ja einen klaren Kopf bewahren. Außerdem musste ich ja noch Auto fahren.

Gegen ein Uhr war dann auch auf dem Markt Schluss und ich hoffte, dass sie nun nach Hause wollte. Aber im Gegenteil, sie fragte mich: »Darf ich dich noch zu einer Tasse Kaffee einladen?«

Aus Höflichkeit lehnte ich natürlich nicht ab, obwohl ich eigentlich überhaupt keine Lust mehr hatte und ich ihr dies immer wieder durch auffälliges und lautes Gähnen verständlich zu machen versuchte.

Wir gingen also doch noch in eine Kneipe. Es war so eine Szenekneipe in der Nähe des Marktes. Zunächst sollte ich ihr ein Glas Wein holen. Nachdem sie diesen Schoppen getrunken hatte, machte sie es wahr und spendierte mir einen Kaffee.

Zum ersten Mal erzählte mir Kerstin etwas über sich: Sie hatte vor mir einen reichen, fast zwanzig Jahre älteren Freund, den sie sehr liebte und der bei einer Kur eine andere Frau kennen lernte. Daraufhin verließ Kerstin ihn. Um mir das zu erzählen, musste sie sich sicher erst einmal Mut antrinken. Das kann man ja verstehen, würde mir sicher auch so gehen. Nur, dass ich nach solch einer Menge Alkohol bereits dermaßen gelallt hätte, dass mein Gegenüber mich sicher kaum verstanden hätte.

Nachdem sie mir die ganze Geschichte erzählt hatte, holte sie sich noch einen Schoppen Wein. Der Typ am Tresen meinte: »Ich glaube bei uns war noch keiner in so einem gelben Kostüm, wie du es anhast. Aber ich find's gut, es kleidet dir ganz gut.«

Das Mädel neben ihm mit den knallroten Haaren und den zwanzig Ringen in Mund, Nase und Ohren stimmte ihm lächelnd zu, bevor sie anschließend nach hinten ging und sich sicher vor Lachen den nichtvorhandenen Bauch gehalten hat.

Der viele Wein und der Kaffee bewirkten unweigerlich, dass Kerstin mal »für kleine Mädchen« musste. Die Toiletten waren unten im Keller. Als sie zurückkam, sagte sie: »Ich gebe uns jetzt noch einen Kaffee aus und dann schauen wir noch mal runter in den Keller, dort ist eine Disco.«

Ich bestellte mir noch einen Kaffee und für Kerstin einen Wein. Gegen zwei Uhr gingen wir dann in die Disco. Dort traf Kerstin eine Kollegin aus dem Biergarten, in dem sie immer am Wochenende arbeitete.

Als Kerstin später in der Disco bei dem Typ hinter dem Tresen einen weiteren, ich glaube den achten oder neunten Wein bestellte, kam dieser gleich auf sie zu, als sei sie ein Stammgast und drückte und küsste sie. Ich fragte sie daraufhin, ob sie den Typ kennen würde.

»Nein, überhaupt nicht, ich bin zum ersten Mal hier. Das macht der bestimmt bei jeder so!«

Ja, dachte ich mir, ganz bestimmt macht der das bei jeder so. Der ist regelrecht bekannt dafür.

Jetzt, da es drei Uhr war, machten sich bei Kerstin wohl die vielen Gläser Wein bemerkbar.

»Tobias, du musst heute bei mir schlafen, sonst höre ich morgen früh den Wecker nicht. Ich muss aber pünktlich im Reisebüro sein, sonst bekomme ich Ärger. Wir können auch zu dir gehen, aber bei dir habe ich keine Sachen«, sagte Kerstin, jetzt jedoch mit etwas schwererer Zunge.

Meine Gefühle schwankten zwischen Freude und Enttäuschung. Enttäuschung vor allem darüber, dass ich Kerstin etwas anders eingeschätzt hatte, aber man kann sich ja, wie gesagt, täuschen. Gegen vier Uhr begaben wir uns auf den Weg zum Auto und ich machte mir Gedanken, da ich doch keine Zahnbürste und keine saubere Unterhose bei mir hatte.

Kerstin musste aber unbedingt noch einmal an einer Tankstelle anhalten, da sie dringend Zigaretten brauchte. Außerdem wollte sie für mich zum Frühstück ein Baguette kaufen, was ich aber noch abwenden konnte. Da zu dieser Zeit nur die Nachklappe geöffnet war, konnte ich die Unterhaltung genau verfolgen. Das Ganze lief dann so ab: »Hallo.«

»Hallo, Kerstin.«

»Ich hätte gern eine Schachtel Marlboro, zwei Dosen Fanta und zwei Dosen Bier.«

»Also, wie immer!«

»Ja, wie immer.«

Das machte mich schon etwas stutzig. Was sollte diese Bemerkung bedeuten: »Wie immer?« Machte der Tankwart etwa Witze oder tauchte Kerstin tatsächlich regelmäßig morgens bei ihm auf? Wenn das nur ein Witz sein sollte, dann war es bereits der zweite Typ innerhalb kurzer Zeit, der auf solche Art von Witzen steht. Eben der Typ, der Kerstin in der Disco als Stammgast begrüßte und jetzt der in der Tankstelle. Der Typ von der Tankstelle begrüßte sie außerdem noch mit Namen.

Als wir in Kerstins Wohnung ankamen, schaltete sie als erstes den Fernseher ein und mixte sich noch einen Radler. Sie meinte, dass es sich sowieso nicht mehr lohnen würde, zu schlafen. Dann ging sie duschen und kam, nur mit einem Bademantel bekleidet, wieder, setzte sich neben mich auf die Couch und sagte: »Das darfst du nicht falsch verstehen. Ich will nicht mit dir schlafen. Bevor ich mit jemandem schlafe, muss ich ihn schon etwas näher kennen.«

Mir wurde das Ganze langsam etwas zu doof und ich legte mich einfach aufs Sofa. Dieses blöde Gedöns konnte ich nicht mehr hören. Ich wollte wenigstens versuchen, noch ein wenig zu schlafen, denn es war schon fünf Uhr und um sieben sollte der Wecker klingeln. Eigentlich hätte ich zu diesem Zeitpunkt bereits das Weite suchen sollen. Warum ich das alles mitgemacht habe, weiß ich bis heute nicht. Vielleicht hatte ich immer noch Hoffnungen, dass es doch noch passieren könnte.

Kerstin sah jedoch zunächst einmal weiter fern. Nach einer Weile legte sie sich auch hin. Aber nur für ein paar Minuten, dann machte sie den Vorschlag: »Wir können uns auch ins Bett legen!« Das war eine gute Idee. »Hast Du einen Gummi mit?«

Jetzt wusste ich überhaupt nicht mehr, was sie eigentlich wollte und sagte: »Natürlich habe ich einen Gummi mit«, gab ich ihr fast beleidigt zu verstehen.

Darauf meinte sie nur: »Vergiss es. Das war nur Spaß.«

Also gut, schlafen wir, dachte ich. Die weiß schon gar nicht mehr, was sie sagt.

Wir legten uns ins Bett und nach wenigen Sekunden kam sie schon wieder zu mir kuscheln. Doch diesmal machte sie ernst. Vielleicht hielt sie es auch nicht mehr länger aus.

Ich musste umgehend meinen Gummi aus der Jackentasche holen, den ich für solche Notfälle immer dort deponiert habe.

Sie half mir etwas ungeschickt, da sie schon ziemlich angetrunken war, beim Überziehen. Dann legte sie sich wie ein Maikäfer auf den Rücken und öffnete etwas teilnahmslos und apathisch ihre Beine. Ich hatte etwas Mühe, mich richtig zwischen ihren Schenkeln zu platzieren. Aber nachdem ich meine linke Hand zu Hilfe nahm, schaffte ich es nach kurzer Zeit.

Angesichts der fortgeschrittenen Zeit wollte ich den Akt nicht länger ausdehnen, zumal Kerstin mit ihren geschlossenen Augen den Eindruck erweckte, dass sie sowieso schon halb eingenickt war. Ich fackelte also nicht lange, von wegen Vorspiel und so und machte dem Treiben recht schnell ein Ende.

Doch was machte Kerstin: Im Halbschlaf aber ziemlich routiniert streifte sie mir den benutzen Gummi mit der rechten Hand von meinem Penis und schleuderte ihn hinter sich aus dem geöffneten Fenster.

Eigentlich wollte ich ja am nächsten Morgen schauen, wie viele von diesen Dingern da wohl schon rumliegen würden, aber das habe ich dann irgendwie vergessen.

Danach stellte sie den Wecker auf halb acht. Nach zehn Minuten schwang sie sich erneut auf mich. Ich fasste dies so auf, dass sie es noch einmal besorgt haben wollte und schaffte die entsprechenden Voraussetzungen, indem ich die Augen schloss und fortwährend an große Brüste und behaarte Kätzchen dachte, die ich mit geöffneten Augen leider nirgends finden konnte.

Nun hatte ich aber keinen Gummi mehr und ich musste höllisch aufpassen. Aber das fiel mir nicht schwer. Jedenfalls hatte Kerstin dann wohl genug und wir hatten jetzt noch eine Stunde Zeit zum Schlafen.

Am Morgen fuhr ich sie in ihr Reisebüro, holte ihr zuvor aus dem nahegelegenen Einkaufszentrum noch schnell etwas zum Frühstück und fuhr dann nach Hause.

Gott sei Dank, diese Aktion war überstanden. Seit dieser Zeit betrachtete ich die Frauen sehr viel kritischer und war immer darauf gefasst, dass man bei ihnen mit allem rechnen muss.

14. Schwesterherz, das kleine Biest

Hanna und Kai

Die eigene Hochzeit ist der schönste Tag im Leben eines Menschen. Sagt man jedenfalls. Für mich war sie der peinlichste Tag in meinem bisherigen Leben. Und schuld daran war Pia, meine kleine Schwester. Mag sein, dass sie es nicht so gewollt hat, da sie seit frühester Kindheit für dumme Mädchenstreiche bekannt ist. Aber die folgende Geschichte ist nun mal passiert. Daran ist nichts mehr zu ändern.

Pia hatte sich heimlich Viagra besorgt. Sie meinte später, sie hätte es von einer Freundin, die es ihrerseits wiederum ihrem Vater aus dem Nachtschränkchen geklaut hatte. Ist ja auch egal. Jedenfalls pulverisierte sie solch eine blaue Tablette und mischte das Pulver in den Orangensaft meines Mannes Kai, den er morgens immer zum Frühstück trinkt. Er spürte nichts davon. Zunächst nicht.

Angefangen hat alles, als wir gemeinsam ins Standesamt schritten. Mir fiel es erst auf, als ich beim Ringanstecken seinen roten Kopf bemerkte und er immer so eigenartig blinzelte und mit den Augen auf seine Hose verwies. Dann sah ich, was los war. Er hatte einen Ständer, aber was für einen. Seine Hose stand ab wie ein Zelt.

In diesem Moment verstand ich auch, warum die Standesbeamtin die ganze Zeit so nervös war und sich einige Male versprochen hatte. Jetzt war mir alles klar. Sie dachte am Ende noch, es wäre wegen ihr. Denn hässlich war sie nicht und der tiefe Ausschnitt ihres schwarzen Kleides lies auch eine Menge erahnen. Vielleicht war sie gar der Auslöser der ganzen Misere.

Als wir das Standesamt verlassen hatten, fragte ich Kai, wieso er plötzlich diesen Ständer hätte. Er konnte es sich auch nicht erklären, er meinte nur, dass es ganz plötzlich anfing und dass er schon alle Mögliche versucht hat, um sich abzulenken. Er hatte bereits während der Ansprache der Standesbeamtin Schäfchen gezählt, an Kakerlaken oder die Kanzlerin gedacht. Alles ohne Erfolg. Der Ständer blieb. Kai war verzweifelt. So etwas war ihm noch nie passiert.

Hätte er zu dieser Zeit geahnt, dass meine Schwester etwas damit zu tun hatte, ich hätte für nichts garantieren können. Kai ist eigentlich ein ausgeglichener und ruhiger Typ. Normalerweise kann er keiner Fliege etwas zu leide tun. Doch wird er provoziert, geärgert oder bis aufs Messer gereizt, kann ihm schon mal der Kragen platzen und dann ist Polen offen. Dann möchte ich nicht in der Haut desjenigen stecken, dem Kai dann auf dem Kieker hat. Doch zu diesem Zeitpunkt waren wir alle ja noch ahnungslos.

Sei es, wie es sei, jedenfalls konnten wir in diesem Moment nichts an Kais Zustand ändern. Wir mussten versuchen, damit zu leben und das Beste daraus machen. Klingt irgendwie komisch, schließlich standen wir den ganzen Tag im Mittelpunkt. Es war erst kurz nach dreizehn Uhr und wir hatten quasi noch den ganzen lieben langen Tag vor uns.

Nach der Zeremonie auf dem Standesamt, fuhren wir geradewegs in die Gaststätte, in der wir für ca. 60 Personen Plätze für den Rest des Tages reserviert hatten.

Nach der Ankunft im Restaurant war Kais Zustand immer noch unverändert. Die Dauererektion hielt jetzt bereits fast zwei Stunden an. Er versuchte zwar, die merkwürdige Beule so gut es nur ging zu kaschieren, indem er abwechselnd die rechte oder die linke Hand davorhielt. Doch die Hochzeitsgäste bekamen trotzdem mit, dass da in seiner Hose irgendetwas nicht so war, wie es sein sollte. Manche lächelten nur und etliche, vor allem die Männer machten saudumme Bemerkungen, wie: Na, kannst wohl die Hochzeitsnacht nicht erwarten. Angeber! Du hast wohl das Hochzeitsgeschenk für deine Frau in deiner Hose versteckt? Pass nur auf, dass die Batterien nicht auslaufen!

Ich sagte zu Kai: »Du musst etwas tun! Unbedingt! Geh aufs Klo und verschaffe dir Entspannung. Vielleicht hilft das.«

Kai ging tatsächlich auf die Toilette, kam jedoch umgehend zurück und sagte tief betrübt: »Das wird wohl nichts, in den Boxen sind keine Türen drin. Da kann jeder reinschauen. Da kann ich mir doch nicht einfach einen runterholen, wenn alle zuschauen können.«

»Mist«, sagte ich, »und zu den Frauen gehen ist auch blöd. Was sollen die von dir denken? Die verständigen am Ende noch heimlich die Klapsmühle. Ich lass mir was einfallen. Gib mir einige Minuten Zeit!«

Ich überlegte hin und her und hatte schließlich die rettende Idee: Wir schleichen uns einfach beide nacheinander aus dem Restaurant. Hinter dem Haus ist ein kleiner Park. Wenn wir es unbemerkt von den Anderen schaffen, dorthin zu gelangen, werde ich Kai behilflich sein. Wie, werden wir dann sehen.

Allein würde ich ihn jedoch nicht in den Park schicken. Wenn das jemand sehen würde, dass er dort onaniert, bekäme er sicher großen Ärger und würde vielleicht noch als Voyeur verhaftet.

Zuerst schaffte es Kai, unbemerkt hinaus in den Park zu gelangen. Nach etwa zehn Minuten folgte ich ihm durch einen Hinterausgang. Nun konnte ich mich ja auch nicht vor ihn knien und ihm Einen blasen. Wir mussten es also etwas unauffälliger machen. Wir nahmen uns in den Arm. Meine rechte Hand öffnete schnell den Reißverschluss an Kais Hosenschlitz. Dann schob ich seinen Slip beiseite und holte weiblich geschickt seinen harten Ständer heraus. Ich spuckte mehrmals in meine Hand und begann sofort seinen Schwanz zu bearbeiten. Dabei küssten wir uns heftig, um die Aufmerksamkeit, falls uns doch jemand zuschauen würde, mehr auf den Austausch von Zärtlichkeiten zu lenken.

Plötzlich hörte ich eine Stimme: »Na, Ihr beiden. Muss Liebe schön sein.«

Verdammt, das hatte uns gerade noch gefehlt. Das war Kais Bruder Hilgert. Ich beendete umgehend meine Arbeit an Kais Schwanz und steckte ihn fix zurück in seine Hose. Ich schaffte es aber nicht, den Reißverschluss zu schließen. Hilgert musste jedoch etwas von meinen Aktivitäten in Kais unteren Regionen mitbekommen haben und sagte: »Oh, entschuldigt bitte, ich wollte Euch nicht stören. Macht ruhig weiter. Ich wollte nur eine rauchen. Ich geh schon wieder.«

Schließlich wurde uns das Ganze zu heikel und wir gingen zurück in das Restaurant zu den Hochzeitsgästen. Kai hatte immer noch sein Zelt in der Hose und wusste nicht, warum.

Es wurde langsam Abend. Zeit zum Essen. Danach kam ein Discjockey und es war Tanz angesagt. Ich tanzte eng mit Kai, spürte dabei unentwegt seinen harten Ständer. Wenn wir eng zusammen tanzten war die Beule zwar verdeckt, doch es bestand permanent die Gefahr, dass sein bestes Stück explodieren und seine Hose nass machen könnte. Dann schon lieber ein Zelt.

In der Pause setzten uns an den Tisch. Die Gäste waren bereits sehr lustig und beschwingt und wir unterstellten ihnen, dass ihre Aufmerksamkeit unter dem reichlichen Alkoholkonsum etwas nachgelassen hatte. Meine Hand wanderte an Kais Hose. Ich zog die Tischdecke etwas heran, sodass sie den Hosenstall verdeckte und öffnete den Reißverschluss. Dann steckte ich meine Hand hinein und umfasste die Eichel seines Penis. Langsam bewegte ich mich an seinem Schaft auf und ab und beobachtete dabei aufmerksam die Hochzeitsgäste in meiner Umgebung. Kai gab mir zu verstehen, dass es ihm gefiele und dass er bald kommen würde. Oh, mein Gott, wenn er jetzt in seine Hose spritzt, ist ihm ja auch nicht geholfen. Ich dirigierte das sperrige Teil heraus aus der Hose und striffelte weiter.

Die Pause war zu Ende und meine Hand wichste noch immer Kais Schwanz. Plötzlich zog mich jemand kraftvoll am Arm und riss mich vom Sitz, es war mein Kollege Hans. Seine lallenden feuchten Worte trafen mich, wie ein Blitz.

»Komm, wir haben heute noch nicht zusammen getanzt. Mit deinem Mann kannst du noch oft genug tanzen.«

Das war's dann. Ich ließ umgehend Kais Schwanz los. Er lag jetzt völlig frei. Ich hoffte, dass es niemand sehen würde. Gott sei Dank war es nicht sehr hell im Raum. Kai zog sich schützend die Tischdecke über sein Gemächt und im Gehen sah ich noch, wie er schnell alles wieder in seiner Anzughose verstaute. Meine Hand war feucht. Ich hoffte, dass er mich Hans nicht an meiner Hand anfassen würde. Ich war am Verzweifeln.

Draußen wurde es dunkel, Kai hatte immer noch einen riesigen Ständer und wir planten, einen erneuten, einen allerletzten, Anlauf zu nehmen, um in den Park zu gehen. Diesmal wollten wir es etwas anders aufziehen und rechneten uns große Erfolgsaussichten aus. Zuvor zog ich auf der Toilette mein Höschen aus.

Im Park suchten wir uns ein abgelegenes Plätzchen hinter einem Baum, ich bückte mich und raffte mein Hochzeitskleid nach oben. Nun wollte ich Kai meinen feuchten Slip geben, damit er daran schnuppern sollte. Ich wusste, dass ihn der natürliche Duft meiner Möse immer unheimlich anmachte.

Doch plötzlich rutschte mir das Herz in meine nicht vorhandene Hose. Ich musste mein Höschen auf dem Weg in den Park unbemerkt verloren haben. Ich versuchte mich wieder zu beruhigen, denn ich konnte es nun auch nicht mehr ändern. Es war zu spät, um eine große Suchaktion zu starten. Wir mussten den Akt jetzt durchziehen, bis zum bitteren Ende. Komme, was oder wer wolle.

»Komm, Kai, mach schnell! Bringen wir es hinter uns«, forderte ich ihn auf.

Ich hörte das Ratschen von Kais Reißverschluss und hatte Angst, dass uns jemand aus der Ferne zuschauen könnte. Verängstigt beobachtete ich die Umgebung. Währenddessen steckte mir Kai seinen prallen Schwanz in meine Möse, die bereits kuschelig feucht war vom vielen eng aneinander tanzen. Es war ein herrliches Gefühl. Ich machte mich so eng ich nur konnte und so dauerte es nicht lange und er entlud sich in meine Möse. Gleichzeitig bekam ich den wohl intensivsten und unvergesslichsten Orgasmus in meinem Leben.

Da plötzlich vernahm ich wieder eine Stimme. Sie kam mir sehr, sehr vertraut vor.

»Hanna, Kai. Seid Ihr es? Ich kann nichts erkennen?«

Es war Pia, meine Schwester. Ich ließ schnell mein Kleid runter fallen. Ich glaube, sie hat nichts davon mitbekommen, was wir gerade getan haben. Oder hat sie nur so getan? Manchmal ist sie nämlich ein ganz schönes Miststück.

Wir kamen aus dem Dunkel und traten in das Licht einer Laterne.

»Ja, wir sind es«, sagte ich etwas erschöpft.

»Sag mal, Hanna, ist das hier dein Slip? Wir hatten doch gestern zwei Stück davon gekauft, in so einem Doppelpack. Einen für mich, einen für dich. Der sieht aus, wie meiner. Aber meinen habe ich an. Hier schau!«

Pia hob kurz ihren Rock hoch und schämte sich nicht mal dabei. Wir konnten deutlich ihren Slip sehen. Ich schaute mir den Slip an, den sie in der Hand hielt.

»Wo hast du ihn denn gefunden?«, fragte ich neugierig und erleichtert zugleich, da mir klar war, dass es nur mein Slip gewesen sein konnte.

»Er lag hier auf der untersten Stufe.«

»Ja, das ist meiner. Gib schon her!«, forderte ich sie auf, riss ihr den Slip etwas unsanft aus der Hand und zog ihn wieder an.

»Wieso hast du deinen Slip ausgezogen? Und warum wirfst du ihn weg? Bist du etwa schon betrunken?«

»Na, na. Rede nicht so einen Unsinn. Das geht dich gar nichts an! Der hat eben so gezwickt im Schritt«, sagte ich und wir gingen umgehend wieder in den Saal zu den Gästen.

Erst Wochen später beichtete mir Pia ihre Sünde mit dem Viagra. Doch ich zog es vor, Kai im Unglauben zu belassen und ersparte uns eine Menge Ärger. Manchmal ist Schweigen eben doch Gold. Noch heute schauen wir uns, meine Schwester und ich, schmunzelnd an, wenn im Gespräch einmal das Wort Viagra fällt.

15. Der geile Papagei

Peggy und Peter

Peter war Klassenbester in der Schule. Ein Streber, könnte man sagen. Ich glaube, von den Jungs und Mädchen aus meiner Klasse konnte ihn keiner so richtig leiden. Mag sein, dass er deshalb auch ein Einzelgänger war. Mit den anderen Schülern redete er kaum einmal ein Wort, es sei denn über irgendwelche ausgefallene elektronische Neuigkeiten. Darüber hinaus war er extrem schüchtern und verklemmt. Er wurde bereits schamrot und verlegen, wenn ein Mädchen auch nur an ihm vorbei ging. Ich hielt es deshalb für sehr wahrscheinlich, dass er mit seinen achtzehn Jahren immer noch Jungfrau und war auch bestimmt noch nie mit einer Frau eine intimere Beziehung hatte.

Das alles reizte mich. Ich war es nämlich gewohnt, dass die Jungs um mich buhlen. Ich war, und das kann ich mit gutem Gewissen behaupten, die Hübscheste in der Klasse, hatte eine super Figur und ein paar große Titten. Was will man mehr? Ich hatte genau das, was Männer im Allgemeinen an Frauen mögen. Bei mir standen die Jungs Schlange. Wenn ich wollte, hätte ich jeden Tag einen anderen haben können. Aber ich wollte nicht. Klar bin ich ab und zu mit dem einen oder andern Jungen ins Bett gegangen. Ich konnte sie mir ja aussuchen. Aber ich habe es größtenteils nicht aus Liebe getan, nein, ehr weil ich die dringende Lust nach Sex verspürte.

Nun wollte ich Peter verführen. Ich wollte einmal den Spieß herumdrehen. Wenigstens für eine Nacht. Peter war eine Herausforderung für mich und natürlich auch für mein Selbstbewusstsein.

Ich sprach Peter auf dem Schulhof an, als er, wie immer, in irgendeiner Ecke stand und in einem seiner Elektronikbücher schmökerte. Es fiel mir nicht schwer, das passende Thema zu finden. Ich wusste ja, dass er ein Hobbyphysiker war und es in seinem Zimmer nur so von elektronischen Spielereien wimmeln musste. Hat man sich jedenfalls erzählt. Darüber hinaus war mir zu Ohren gekommen, dass Peters Eltern zu jener Zeit im Urlaub waren. Sie besaßen ein Haus an der spanischen Riviera und verbrachten, wie in jedem Jahr, vier Wochen in der spanischen Sonne. Die besten Voraussetzungen also für einen ersten Verführungsversuch.

»Hallo Peter, darf ich dich mal etwas fragen?«, traute ich mich, ihn anzusprechen.

Peter schaute mich an. Ich sah, wie die Schamröte langsam sein Gesicht eroberte. Er schaute mich von oben bis unten an und ich lächelte ihn an. Etwas unsicher und mit zittriger Stimme antwortete er: »Na klar, was hast du auf dem Herzen, Peggy?«

Der Anfang war erst einmal gemacht, nun konnte ich zur Offensive übergehen.

»Ich habe zu meinem achtzehnten Geburtstag ein Wii geschenkt bekommen. Doch ich habe einige Probleme damit. Es funktioniert nicht so, wie ich es gern möchte.«

Jetzt lächelte auch Peter und langsam verschwand auch seine Unsicherheit. Er fühlte sich gleich in seinem Element.

»Das ist doch ganz einfach. Wenn du möchtest, komme ich mal bei dir vorbei und zeige es dir.«

So hatte ich es mir eigentlich nicht vorgestellt. Ich wollte ihn doch in seiner Wohnung besuchen und musste mir schnell etwas einfallen lassen.

»Das geht leider nicht, Peter. Meine Eltern haben mir Jungsbesuche verboten.«

Das war natürlich gelogen, denn schließlich war ich bereits einige Wochen Achtzehn. Aber Peter hat nicht weiter nachgefragt. Das war mir auch recht.

»Oh, schade. Was machen wir da? Ich habe eins zuhause. Ich kann dir zeigen, wie es bei mir funktioniert.«

Endlich. Das Ganze schien sich nun doch in die gewünschte Richtung hin zu entwickeln.

»Das wäre super. Wann kann ich mal kommen?«

»Vielleicht am Freitag. Da fällt unsere Elektronik-Arbeitsgruppe wegen Krankheit des Dozenten aus.«

»Prima, das klappt bei mir auch sehr gut. Ich komme.«

Der erste und entscheidende Schritt war getan und ich zählte die Stunden bis zum Freitagabend. Dann war es endlich soweit. Ich zog mich betont sexy an, einen Rock und eine nahezu transparente Bluse, durch die man meinen neuen aufreizenden Spitzen-BH durchsehen konnte.

Peter wohnte nicht sehr weit von mir entfernt. Zu Fuß waren es etwa 15 Minuten. Ich klingelte am Gartentor des Einfamilienhauses. Klingel konnte man sie eigentlich nicht nennen.

Durch den leichten Druck meines Zeigefingers auf den Klingelknopf wurde ein ganzer Geräuschteppich in Gang gesetzt. Vom Hundegebell über Geisterstimmen, bis zu mystischen Weltraumklängen. Doch der Zweck wurde erfüllt. Das Tor öffnete sich, selbstständig, nachdem ich vorher das rote Licht der Überwachungskamera aufleuchten sah. Eine Stimme sagte im Ton eines Navis: »20 Meter Geradeaus, dann rechts abbiegen.«

Als ich vor der Wohnungstür stand, hörte ich, wie die Stimme, bei der ich bis heute nicht weiß, wo sie überhaupt herkam, sagte: »Sie haben Ihr Ziel erreicht.«

Auch diese Tür öffnete sich automatisch.

Dann sah ich Peter. Diesmal verhielt er sich schon etwas selbstsicherer. Mag sein, dass es daran lag, dass er hier zuhause war.

»Komm rein! Ich freue mich, dass du gekommen bist.«

Er führte mich gleich in sein Zimmer, das seinem Ruf als Physik-Guru alle Ehre machte, zumal die Rückseite der Tür ein riesiges Plakat von Albert Einstein mit rausgestreckter Zunge schmückte. Man kam sich echt vor, wie in einem elektronischen Versuchslabor eines Institutes. Es gab praktisch nichts, dass nicht automa-

tisch funktionierte. Sei es mithilfe einer Fernbe-
dienung oder einfach nur durch Sprachsteue-
rung.

Als Peter das Wort »Schmusemusik!« aus-
sprach, ging die HiFi-Anlage an und es ertönte
Ronan Keeting. Ich wunderte mich, dass er solche Musik mochte, wenn er doch gar keine
Freundin hatte.

»Zeig mir doch mal dein Wii!«, forderte ich
ihn auf. Eigentlich interessierte es mich überhaupt nicht, denn bei mir funktionierte es schon
längst. Ich habe es sogar selbst geschafft, es in
Gang zu setzen. Aber ich brauchte doch einen
Vorwand, um zu ihm nach Hause zu gelangen.

Ich zeigte mich sehr gelehrig, sodass wir Peters Unterrichtsstunde nicht übermäßig ausdehnen brauchten.

»Bei dir ist es ganz schön warm«, bemerkte
ich, fächelte mir mit meiner rechten Hand etwas Wind zu und öffnete zwei Knöpfe meiner
Bluse. In diesem Augenblick war sie wieder da,
Peters Schamröte.

»Warte! Ich öffne das Fenster«, schlug er vor.

»Nein, lass nur, dann zieht es wieder. Bei
Zugluft bin ich sehr empfindlich. Wo ist eigentlich die Toilette? Ich muss mal.«

»Gleich links um die Ecke die zweite Tür. Aber erschrick nicht. Da funktioniert auch alles automatisch. Oder soll ich mitkommen?«

»Oh, nein, lieber nicht. Ich werde schon klar damit kommen.«

Solch eine Toilette habe ich in meinem ganzen Leben noch nicht gesehen. Dass beim Reingehen das Licht automatisch angeht, ist ja noch vergleichsweise harmlos. Auch die in die Fließen eingearbeiteten Lämpchen, die abwechseln in allen Regenbogenfarben leuchteten warfen mich noch nicht vom Klobecken, ich meine vom Hocker. Aber, dass nach dem Pullern automatisch die Spülung in Gang gesetzt wird, ist mir noch nicht unter gekommen, im wahrsten Sinne des Wortes. Ich musste höllisch aufpassen, dass mir das eiskalte Wasser nicht an meine heiße Muschi spritzte.

Obendrein wurde aus unsichtbaren Düsen ein angenehmer Zitronenduft verströmt und eine Geräuschprinzessin in Gang gesetzt. Sie wissen doch, was das ist, oder? Gibt es zum Beispiel in Japan auf den Toiletten. Frauen nutzen die meist, damit man außerhalb der Toilette die Geräusche nicht hört, die man auf der Toilette verursacht. Eigentlich eine nette Sache.

Bevor ich das Bad wieder verließ, zog ich meinen Slip aus, steckte ihn in meine Handtasche und hoffte, dass ich dabei nicht beobachtet wurde. Man musste ja in diesem Space-Bad auf alles gefasst sein. Dann ging ich wieder zurück in Peters Zimmer. Jetzt wollte ich zum Angriff blasen, wenn ich das mal so zweideutig formulieren darf.

Ich setzte mich wieder zu ihm auf die Couch und fragte: »Hast du eigentlich eine Freundin?«

»Nein.«

»Hattest du schon mal eine Freundin?«

Lange Pause.

»Nein.«

»Hättest du gern eine Freundin?«

Keine Pause.

»Ja, gern.«

»Dann hast du wohl auch noch nie mit einer Frau geschlafen?«

»Noch nie.«

»Und auch noch nie eine Frau geküsst?«

»Auch nicht.«

»Hab ich's doch geahnt. Möchtest Du mich küssen?«

Peter schaute mich fragend an: »Dich? Aber …«

»Was aber?«

»Aber du kannst doch so viele Jungs haben. Warum mich?«, fragte er mich etwas befangen.

»Frag jetzt nicht so viel! Küss mich, bevor ich es mir wieder anders überlege.«

Ich schloss meine Augen und wartete. Vergeblich. Wenn ich jetzt nicht die Initiative ergreife, sitzen wir morgen noch hier, dachte ich. Ich nahm seinen Kopf in beide Hände und zog ihn an mich heran. Dann gab ich ihm einen Kuss auf den Mund.

»Zieh mir die Bluse aus!«

Wieder keine Reaktion.

»Mach schon. Muss man denn alles selbst machen?«

Ich knöpfte mir die Bluse auf und zog sie aus und auch gleich noch den BH. Peter wurde wieder puterrot im Gesicht. Ich nahm seine rechte schwitzige Hand und führte sie an meine Brust.

»Ist das schön?«, fragte ich.

Seine Antwort bestätigte meine Vermutung, dass er noch nie etwas Vergleichbares in seinen Händen hatte: »Ja, sehr schön. Wie weich die sind.«

Dann nahm ich seine Hand und führte sie unter meinen Rock in meine nunmehr schon feuchte Mitte.

»Gefällt dir das auch?«

»Ja.«

Er trieb mich zum Wahnsinn. Er war wie eine Marionette. Er ließ sich führen, als ob ich ihn an einem Faden bewegte. Keine eigener Antrieb, keine Anzeichen von emotionalen Gefühlsausbrüchen.

»Und jetzt, zieh dich aus!«

»Was?«

Was sollte diese blöde Frage?

»Was, du sollst dich ausziehen, nackt, wenn ich bitten darf. Oder soll ich das auch noch tun?«

Peter zog sich im Handumdrehen aus. Endlich zeigte er mal etwas Temperament. Oder war es einfach nur Angst? Sein Schwanz stand schon wie eine Eins. Auf seiner Spitze glänzten die ersten Tröpfchen. Ich wusste, dass ich nun nicht mit der Tür ins Haus fallen konnte. Ich nahm wieder seine Hand und sagte: »Streichle mich!«

Langsam bewegte er seinen Mittelfinger etwas planlos und scheinbar lustlos in meiner Schamgegend umher.

»Ich glaube, das wird so nichts.«

Ich spreizte meine Beine, zog mit beiden Händen meine kleinen Schamlippen auseinander und gleichzeitig kommentierte ich etwas spöttisch mein Tun.

»Das hier ist eine Muschi und das hier ober ist der Kitzler. Der ist sehr empfindlich und der hat es gern, wenn man ihn streichelt. Hier, ich zeige es dir.«

Ich streichelte mich selbst und hoffte, dass ich nicht noch meinen Vibrator, den ich für Notfälle immer bei mir trug, aus meiner Handtasche holen musste.

Ich setzte meinen schulmeisterlichen Vortrag im Ton eines Dozenten fort.

»Den Kitzler kann man auch mit der Zunge verwöhnen. Dazu leckt man hier an dieser Perle. Möchtest du es mal probieren?«

»Ich weiß nicht, ob ich das kann.«

»Sei nicht so bescheiden. Ich werde dir schon zu verstehen geben, wenn du es nicht richtig machst.«

Peter kniete sich vor mich hin und sogleich spürte ich seine feuchte warme Zunge an meinem Kitzler.

»Ja, es geht doch«, lobte ich ihn. »Und jetzt rein mit deiner Zunge in meine Spalte.«

Für den Anfang machte er es schon ganz gut, aber ein »befriedigend« hätte ich ihm noch nicht erteilt. Ich wollte endlich seinen Schwanz in mir spüren, war neugierig, wie Peter sich verhalten würde.

»Leg Dich jetzt auf den Rücken. Ich möchte mich auf Dich setzen.«

Peter wirkte immer noch etwas irritiert, doch er tat, was ich ihm auftrug. Sein Penis ragte senkrecht in die Höhe. Ich kletterte auf ihn und nahm seinen Schwanz in die Hand. Gerade, als ich das harte Stück Fleisch genüsslich in meine Vagina einführen wollte, spritze er ab. Das war's dann erst einmal.

»Oh, mein Gott. Das habe ich kommen sehen. Naja, macht nichts, versuchen wir es nachher noch einmal. Sei nicht traurig, das geht jeden Jungen irgendwann einmal so«, versuchte ich ihn zu trösten obwohl es mich maßlos anstank.

Ich war verdammt geil und hatte mich schon so sehr auf Peters Schwanz gefreut.

»Kann ich heute bei dir schlafen? Es ist schon so spät. Und morgen früh machen wir einen neuen Anlauf.«

»Oh, ja, gern. Ich würde mich sehr freuen, wenn du heute Nacht bei mir bleiben würdest.«

Wir kuschelten uns eng aneinander in sein Bett und ich versuchte mich etwas abzulenken, um meine Geilheit etwas herunter zu fahren.

Das gelang mir ganz gut und wir waren auch bald eingeschlafen.

Am nächsten Morgen wurde ich durch merkwürdige Stimmen geweckt: »Du alte Pissnelke … Pissnelke … fick mich, du Sau … leck mir die Möse …«

Ich erschrak. Was war das denn? Ich stieg sofort aus dem Bett und erblickte einen Vogelbauer mit einem Papagei darin.

Was erzählt der denn für ein perverses Zeug? Dachte ich und sah, dass irgendein Automatismus die nächtliche Abdeckung des Bauers ausgelöst haben musste.

Sofort weckte ich Peter und fragte ihn: »Jetzt erklär mir mal, was das mit dem Papagei soll! Ich denke immer, du bist noch Jungfrau und dabei lernst du deinem Papagei solche schweinischen Wörter.«

»Das ist nicht mein Papagei.«

»Wem gehört er dann? Deinem Papi?«, fragte ich entrüstet.

»Nein, der gehört einem Freund von mir. Der ist gerade verreist. Der hat Urlaub.«

Ich sah mir die DVDs an, die in dem Regal neben dem Fernseher standen und las Titel, wie: »Das perverse Fickluder oder Schwanzgeile Mösen.«

»Aha, dann gehören wohl diese DVDs auch deinem Freund, oder was?«

»Ja, ja, das sind alles seine.«

»Und wieso stehen die dann in deinem Regal?«

»Damit sie seine Eltern nicht finden. Glaube mir bitte, ich erzähle die Wahrheit.«

Plötzlich kam die Wende. Der Papagei sagte auf einmal: »Wo ist der Peter? Wie heißt du? Ich heiße Bubi Lehmann.«

»Aha, das ist ja interessant. Der Papagei sorgt selbst für die Aufklärung dieses mysteriösen Falles. Bubi Lehmann, Peter Lehmann. Der Papagei heißt also auch Lehmann wie du? Und Dein Kumpel heißt wohl auch Lehmann? Alle heißen sie Lehmann. Jetzt ist mir alles klar. Der Papagei gehört also dir. Du schaust dir jeden Abend diese Pornofilme an und der Papagei quatscht nach, was er darin so alles hört. Habe ich recht?«

Peter schaut mich mit rotem Kopf an und schwieg zustimmend. Er verteidigt sich nicht mehr, fühlt sich wahrscheinlich von mir überführt. Ich setzte meine Ausführungen im Stile eines Kommissars fort.

»Und aus Angst davor, er könnte quatschen, wenn ich bei dir bin, hast du ihn vorsorglich mit einem Tuch abgedeckt. Du hast also nicht damit gerechnet, dass ich bei dir schlafen würde. Und dann hast du noch etwas vergessen, Peter, nämlich die automatische Abdeckung des Käfigs, wenn es hell wird. Daran musst du noch arbeiten, Mister Einstein. Alles ist relativ. Weißt du, wie ich es gemacht hätte? Ich hätte den Bauer einfach in ein anderes Zimmer gestellt. Das nächste Mal weißt du Bescheid. Wenn du wieder mal Damenbesuch hast.«

Peter war das alles jetzt sichtlich peinlich.

»Okay, du hast recht. Mir ist es auch peinlich. Aber irgendwie muss ich ja auch meine sexuellen Erfahrungen machen. Versteh mich doch!«

Peter saß in seinem Bett wie ein Häufchen Unglück. Auf einmal tat er mir leid. Natürlich hatte er Recht. In seinem Alter und keine Freundin. Ich konnte ihn gut verstehen. Ich vergnüge mich ja auch dann und wann mit meinem Dildo, obwohl es mir an Jungs nicht mangelt. Aber die sind manchmal ganz schön grob und gefühllos. Die denken nur an sich. Ich weiß doch am besten, was mir gefällt.

Ich legte mich wieder ins Bett und gab Peter einen Kuss.

»Du bist also nicht mehr böse?«, fragte er mich.

»Nein, bin ich nicht, Peter.«

Ich legte mich auf den Rücken und der Papagei rief: »Steck ihn rein! Steck ihn rein!«

»Hast du gehört?«, fragte ich Peter und lachte dabei laut. Er antwortete nicht, sondern legte sich auf mich. Sogleich spürte ich seinen prallen Schwanz in meiner Muschi. Diesmal ging bei ihm so richtig die Post ab und nicht nur für zwei Sekunden. Peter stellte sich gar nicht so dumm an. Vielleicht ist von den Pornofilmen doch etwas hängen geblieben. Mir war es ganz recht.

Quellen Bibelzitate (Luthertext)

1 Sprüche 21,23
2 Jesaja 56,12
3 2. Moses 4,10
4 Psalmen 104,15
5 2. Moses 8,15
6 Psalmen 31,6
7 2. Chronik 20,6
8 Hiob 17,9
9 Psalmen 26,6
10 Hiob 2,10
11 Brief Jakobus 3,5
12 Matthäus 26,41
13 Matthäus 27,46
14 Jesaja 38,14
15 Matthäus 5,4
16 Johannes 2,4
17 Jeremia 31,26
18 5. Moses 8,3
19 1. Korinther 12,26
20 Prediger Salomo Kohelet 3,1
21 2. Korinther 1,17
22 Matthäus 6,34
23 Johannes 13,27
24 Sirach 14,6
25 Sirach 20,8

Ebenfalls im Verlag BOD erschienen

Lisa Stern

Feuchte Lip-
pen,
nasse Höschen

schlüpfrige erotische Ge-
schichten

Leseprobe:

Das Zimmer, etwa 6x6 Meter groß, war gefüllt mit mehreren Männern und Frauen, alle waren sie nackt. Wie viele es genau waren, konnte ich nicht erkennen, nur erahnen. Vielleicht fünfzehn oder zwanzig. Keiner sprach ein Wort. Man verständigte sich in einer mir unbekannten Zeichensprache.

Die Frauen neben mir beugten sich über meinen Oberkörper. Ihre Brüste berührten meinen Oberkörper, meinen Busen. Hinter ihnen stand jeweils ein Mann, der sie von hinten nahm. Am Fußende meines Bettes erkannte ich schemenhaft eine kleine Schlange von Männern, die vermutlich alle darauf warteten, mich endlich vögeln zu dürfen. Doch bevor mich der nächste Mann nahm, kam erst mal eine etwas korpulente Frau, die mir genüsslich das angesammelte Sperma aus der Möse schlürfte. Nachdem sie nach gefühlten zwei Minuten wieder von dem Bett stieg, sah ich, dass sie schwanger war, in einem schon ziemlich fortgeschrittenen Stadium.

Weiter im Programm. Der nächste Mann stieß mir seinen Schwanz in meine Möse. Diesmal hatte ich ein ganz anderes Gefühl. Es war das Gefühl des Dringend-mal-pinkelnmüssens. Meine Bitte, mich doch mal kurz aufs Klo gehen zu lassen, wurde mittels Kopfschüttelns in den Wind geschlagen. Verstanden die etwa meine Sprache nicht? Ich zeigte mit meinen Händen auf meine Möse, doch mein Flehen wurde nicht erhört. Bald würde ich wieder spritzen, doch dann würde es Urin sein. Hatte man es gar darauf abgesehen? War ich etwa deshalb immer noch mit den Füßen ans Bett gefesselt?

Wieder setzte sich eine Frau auf mein Gesicht. Ihre Möse schmeckte nach frischem Sperma. Es tropfte mir sogar in den Mund, doch ich ekelte mich nicht. Ich schleckte ihr genüsslich ihre Spalte, bis ich spürte, wie ihre Vagina pulsierte. Ich war einfach nur geil, steckte ihr zwei Finger in die triefende Möse und suchte ihren G-Punkt. Mit meiner anderen Hand drückte ich auf ihren Bauch. Doch ich konnte sie nicht zum Ejakulieren bringen. Stattdessen pinkelte sie mir auf die Hand. Ich drückte noch fester auf ihren Bauch. Der Strahl wurde stärker, traf mein Gesicht. Ich öffnete den Mund, versuchte alles zu schlucken. Ich war wie von Sinnen, konnte nicht mehr klar denken. Mein Gehirn arbeitet nicht mehr, ich funktionierte nur, gesteuert durch meinen fast schon perversen Sexualtrieb.

Der Mann, der mich gerade fickte, verströmte sich in meiner Vagina und mir war klar, dass es beim nächsten Mann passieren würde. Dann würde ich nämlich ebenso pinkeln, wie die Frau, die gerade über meinem Gesicht hockte. Doch das war mir schnurzegal. Der Gedanke daran, dass ich gleich ausströmen würde, machte mich nur noch geiler.

Lisa Stern

Schamlos und sexbesessen

schmutzige erotische Geschichten

Leseprobe:

Ich steckte meinen Mittelfinger in ihre nasse, von dem Gel glitschige, Spalte und hoffte, dass ich ihr es so recht machen würde.

»Ja, das ist gut«, flohlockte sie. »Noch einen Finger!«

Ich nahm den Zeigefinger dazu und zusätzlich noch den Ringfinger. Ihre Vagina war sehr weit und ich hatte keine Mühe, in sie einzudringen. Jasmin bearbeitete unterdessen meinen Schwanz. Meine Erregung steigerte sich und ich war kurz davor, abzuspritzen.

»Mach es Jasmin von hinten!«, forderte mich Theresa auf. »Ich will Euch zusehen. Du hältst es doch kaum noch aus.«

Jasmin ließ meinen Schwanz los und drehte sich um, während sich Theresa auf den Beckenrand setzte. Mit beiden Händen drückte ich Jasmins Pobacken auseinander und erblickte ihre weit geöffnete, willige Vagina. Langsam drang ich in sie ein. Theresa sah uns begierig zu und massierte sich dabei mit der rechten Hand ihre Liebesperle, während drei Finger ihrer linken tief in ihrer Lustgrotte steckten und sie intensiv stimulierten. Meine Erregung war zu groß, um das Liebesspiel noch weiter ausdehnen zu können und so spritzte ich bereits nach wenigen Stößen meinen Saft in Jasmins Muschi.

»Komm jetzt her!«, hörte ich Theresa rufen und es klang wie ein Befehl. »Nimm die Brause und richte sie auf meine Schnecke! Ich möchte, dass du es mir auch machst.«

Ich nahm die Brause aus der bereits ein starker lauwarmer Strahl kam. Theresa spreizte weit ihre Schenkel und zog sich mit beiden Händen ihre großen Schamlippen auseinander. Ich sah ihren geschwollenen Kitzler und das rosa Fleisch ihrer lüsternen Möse. Ich zielte mit dem Strahl der Brause genau in ihre Mitte und versuchte sie damit zu massieren. Es dauerte nicht lange bis sie ihre ganze Lust aus sich herausschrie und ihr Unterleib anfing zu zucken. Ein Strahl ihres Liebessaftes traf mich mitten im Gesicht. Er schmeckte salzig und ich wusste, dass sie mich gerade vor lauter Geilheit anpinkelte.

Nun hatten wir alle unsere Freude gehabt und beendeten unser Bad. Nachdem wir uns abgetrocknet hatten, kam Theresa zu mir und fragte: »Was hältst du davon, wenn wir uns noch zehn Minuten in Bett legen und uns ausruhen?«

»Dagegen ist nichts einzuwenden«, sagte ich und ahnte noch nicht, auf was ich mich da einließ. Kaum lagen wir alle drei im Bett, da fielen beide Frauen regelrecht über mich her, als hätten sie wochenlang keinen Sex gehabt.